Esperanta -Ĉina Traduko

La Interrompita Kanto
중단된 멜로디 中断的歌声

Verkisto：Eliza Orzeszkowa (埃丽莎·奥热什科)

Esperanto：Kazimierz Bein (由卡齐米日·贝因)

Ĉina traduko：ZHANG WEI (张伟)

중단된 멜로디 中断的歌声 La Interrompita Kanto

인　쇄 : 2024년 5월 1일 초판 1쇄
발　행 : 2024년 5월 8일 초판 1쇄
지은이 : 엘리자 오제슈코바 지음
　- 카지미에시 베인 에스페란토 번역
옮긴이 : 장웨이(张伟)
펴낸이 : 오태영(Mateno)
출판사 : 진달래
신고 번호 : 제25100-2020-000085호
신고 일자 : 2020.10.29
주　소 : 서울시 구로구 부일로 985, 101호
전　화 : 02-2688-1561
팩　스 : 0504-200-1561
이메일 : 5morning@naver.com
인쇄소 : TECH D & P(마포구)

값 : 15,000원
ISBN : 979-11-93760-13-0(03890)

Esperanta -Ĉina Traduko

La Interrompita Kanto
중단된 멜로디 中断的歌声

Verkisto：Eliza Orzeszkowa (埃丽莎·奥热什科)

Esperanto：Kazimierz Bein (由卡齐米日·贝因)

Ĉina traduko：ZHANG WEI (张伟)

Eldonejo Azaleo

出版商 金达莱

Eliza Orzeszkowa
La Interrompita Kanto
kun la permeso de l' aŭtorino tradukis el la pola lingvo
Kabe (Kazimierz Bein)
(laŭ) kvara eldono
Paris, Esperantista Centra Librejo, 1928

埃丽莎·奥尔泽斯卡
被授权翻译自波兰语
Kabe (Kazimierz Bein)
（按）第四版
巴黎，世界语中心书店，1928年

Enhavo(目次)

作者介绍：Eliza Orzeszko（1842-1910）。

波兰文学界遭受了沉重的损失：Eliza Orzeszko于1910年5月18日去世。她将巨大的才华仅用于服务于祖国和民族，她的所有作品都受到最高尚和宽宏大量情感的启发。她印象深刻的智慧和温暖的心灵吸收了当时所有重要的问题，并赋予它们艺术形式。通过思想视野的广阔，Orzeszko与波兰文学中最伟大的巨匠相媲美，她以一系列一流的作品丰富了波兰文学。忠于"在基础上劳动"的座右铭，她站在那些承担起治愈和强化民族生活艰难而繁重任务的人们的前列。通过她有力的文字，她希望消除阶级和宗教偏见、剥削穷人的现象，她想要改善那些被社会拒绝所有权利的不幸者的悲惨命运。她颂扬了人的尊严、性格的力量、善与美的力量。

让我们了解一下这位非凡女性的生活。Eliza Pawlowska 于1842年出生于格罗德诺附近的明托夫契兹纳，她是富有农场主的女儿。17岁时，她嫁给了比她年龄大很多的富有地主Pjotr

Orzeszko。婚姻非常不幸，她在五年的共同生活后返回了父母家。Orzeszko因其政治活动于1863年被流放至西伯利亚后，后来，她搬到格罗德诺，在那里她一直工作至生命的尽头。

Orzeszko的第一部作品《饥荒之年的画像》于1866年出版。这部谦逊的小说揭示了这位未来伟大作家将要走的道路。在其中，人们已经可以发现她的才能和思想方式的主要特征，即对人类苦难的无限同情和对社会中被剥夺继承权的劳动阶级的爱。

吸引她思考的第二个问题是女性问题。看到现代教育系统的不足，这种教育生产了无力、无助、未准备好与现实生活中的障碍作斗争的人，她开始勇敢且以惊人的谨慎向同胞们展示这些缺陷和错误的镜子，同时发展了她关于女性的呼召、权利和责任以及社会地位的理论。

她在诸如《玛尔塔》、《瓦茨拉夫的回忆录》和《格拉巴女士》等小说中表达了这些观点。这些作品以对问题的深刻理解、尖锐的讽刺和生动的人物刻画而著称，引起了巨大的轰动，并使她受到了广泛关注。

在她的创作生涯的第一阶段，倾向性占据了艺术性，其后是研究犹太问题的第二阶段。在她的常住地格罗德诺，她亲眼目睹了犹太人的道德和物质困境；她被他们极具原创性的文化、迷信、保守主义和落后性所震撼。在这样的背景下，她创作了一系列宏大的小说，这些作品因其观察的深刻、感情的深邃和真实的现实主义而必须被视为无与伦比的杰作。如《Eli Makower》、《Meir Ezofowicz》以及如《强壮的参孙》、《Gedale》这样的短篇小说将永远是她人道主义、利他主义和高尚情操的见证。

从这一领域特有的思想、愿望、问题和理想的世界中，奥尔热什科转向社会的其他阶层，并首先将她的注意力集中在白俄罗斯农民的生活上，赞美他们对故土的爱。

然而，这位作家在展现立陶宛贫穷贵族的一系列小说中表现出了最大的才华。开启这一系列的是三卷本小说《在涅缅河畔》，因其画面之美、背景的画意以及观察的敏锐，被认为是波兰文学的真正珍品。

《两极》、《中断的歌声》和《通往星辰》属于特别的类别，这些作品涵盖了非常广泛的社会主题，渗透着理想主义的乐观情绪。

古代世界对奥尔热什科来说也不是陌生的。《米塔拉》，一部关于一个在选择自己的民族和罗马人之间犹豫不决的犹太女性的残酷故事，以及《权力的崇拜者》，展示了吕底亚人与波斯人的关系，显示了她非凡的学识和高雅的艺术形式。她的最后作品是一系列短篇小说，讲述了1863年波兰起义中的不幸事件。

尽管波兰文学拥有比奥尔热什科更耀眼、更辉煌的才华，但她凭借从未背叛自己的理想超越了他们，在她所有的作品中都体现了高尚的利他主义思想，尽管带有倾向性，她从未损害过那种高远的精神。

奥尔热什科的更多杰出作品已被多次翻译成所有斯拉夫语言，并且还被译成英语、德语、法语、意大利语、芬兰语等语言。世界语使用者也没有落后，他们将她的一些较长的作品，如《中断的歌声》、《玛尔塔》、《好女士》和《A..B...C..》等，以及大量的小型草图和短篇小说，纳入了自己的文学作品之中。

-来自克拉科夫的

- Leon Rosenstock 在《La Revuo》杂志的8月号上这样写道。

La Interrompita Kanto

中断的歌声

Ĉapitro I

Ĝi estis unu el tiuj dometoj, kiuj ŝajnas rideto de la kamparo, aŭ ĝia eĥo, falinta inter la urbajn stratojn kaj domojn. Malgranda, blanka, kun balkoneto sur du kolonoj, ĝi staris en nezorgata ĝardeno, kiu ĝuste pro la nezorgado ŝajnis verda kaj freŝa densejo. Ĝi tute ne posedis korton; de la strato apartigis ĝin parto de la ĝardeno kaj tabula ĉirkaŭbarilo tiel alta, ke oni povis vidi nek de la strato la dometon, nek de la fenestroj de la dometo la straton. De malproksime — angulo kvieta kaj hela; de proksime — preskaŭ ruino, kies muroj kurbaj de maljuneco, malzorge blankigitaj per kalko, duone kaŝiĝis en la verdaĵo de supren rampanta fazeolo. Krom la fazeolo iom da floroj kreskis antaŭ la balkoneto, sur kiu staris du mallarĝaj kaj malnovaj benkoj.

La ĉambroj de la dometo estis malgrandaj kaj malaltaj, la plankoj maldelikataj, la kamenoj malgraciaj, el verdaj kaheloj.

Tra la pordo de la kuirejo enkuris en unu el la ĉambroj Klaro Wygrycz kantante, ĉar ŝi kantis ĉiam, kiam ŝi estis kontenta.

Ŝi havis perkalan veston kun ruĝaj kaj grizaj strioj, tolan antaŭtukon; ŝiaj manikoj estis falditaj ĝis la kubutoj.

Per la manoj ĵus lavitaj, ankoraŭ ruĝaj de la malvarma akvo, ŝi rapide demetis la antaŭtukon, kunvolvis ĝin kaj metis en tirkeston de malnova komodo, pensante: „Mi jam devas ĝin lavi, ĝi estas tre malpura" Poste ŝi malfaldis la manikojn kaj metis en sian korbon pecojn de tondita perkalo, tondilojn, fadenojn, fingringon. Ŝi ĉirkaŭrigardis la ĉambron kaj de la bretaro ŝi prenis libron, kiun ŝi ankaŭ metis en la korbon kune kun peceto da pano, alportita el la kuirejo. Tiam ŝi ekkantis valsan melodion: La, la, la! la, la, la! kaj kuris sur la balkonon. Tie ŝi haltis, rigardis la fazeolon kaj la florbedon. La fazeolo jam estis kovrita de ŝeloj, sed tie ĉi kaj tie restis ankoraŭ inter ĝiaj grandegaj folioj kelke da fajre ruĝaj floroj. Klaro deŝiris unu kaj enŝovis ĝin inter siajn nigrajn harojn, kiuj friziĝis sur la frunto kaj falis en liberaj bukloj sur la nukon kaj ŝultrojn. La ruĝa floro ŝajnis inter ili malgranda flameto.

La knabino ne estis perfekte bela, sed ŝi posedis la freŝecon de deknaŭ jaroj kaj la ĉarmon de siaj vivaj movoj, rigardoj kaj ridetoj. Ŝi ridetis ankaŭ nun rigardante la ĝardenon. Ŝi sentis sin gaja, ŝi jam plenumis ĉiujn devojn kaj estis tute libera dum du horoj.

La patro estis en la oficejo, la frato en la lernejo, la fratino en la kudrejo; la tagmanĝo, jam tute preta, atendis ilian revenon en la forno.

Ordiginte la loĝejon kaj kuirinte la tagmanĝon, ŝi estis iom malsata. Tial ŝi prenis en la korbon peceton da pano.

Ŝi manĝos en la siringa laŭbo — la plej amata loko, en la fino de la ĝardeno, ĉe la krado, kiu ĉirkaŭas la princan parkon.

Ĉiufoje, kiam ŝi pasigis tie unu horon aŭ du tute sola, nur kun sia laboro kaj kun siaj pensoj, ŝi fariĝis gaja.

La viva kiel fajrero knabino amis la solecon. La juna kapo havis siajn zorgojn. Kaj nenie ŝi sentis sin tiel sola, nenie ŝi povis pensi tiel senĝene, kiel en la siringa laŭbo. Tie, malantaŭ la malalta krado, estis ombra aleo de maljunaj arboj, kiuj disiĝis kontraŭ la laŭbo, montrante post vasta herbaro malgrandan, sed belan palacon, kun du turoj kaj kun tri vicoj de altaj, mallarĝaj fenestroj. Pro la silento, kiu ĉiam regis ĉirkaŭe, la griza, grandioza palaco ŝajnis io mistera. La fenestroj ĉiam estis fermitaj, la ĝardenon vizitis neniu, krom la ĝardenistoj, kiuj ordigis la vojojn kaj herbarojn. Proksime de la laŭbo estis malgranda pordego, ĉiam fermita. Parko bela kaj zorge konservata, sed sen promenantoj.

Klaro sciis, ke la posedanto, princo Oskaro, neniam loĝas tie.

Cetere, tute ne interesis ŝin, ĉu la palaco havas, aŭ ne havas loĝantojn, sed pro instinkta komprenado de beleco, ŝi ĉiam plezure rigardis la luksan konstruaĵon.

Nun, sidante sur mallarĝa benko, inter du siringaj arbetoj, ŝi ne rigardis la palacon, ne admiris ĝian belecon. Ŝi diligente kudris. Antaŭ ŝi sur malgranda tablo unupieda staris la korbo kun pecetoj de perkalo kaj kun libro inter ili. Ne venis ankoraŭ la tempo legi kaj admiri. La laboro estis urĝa. Ŝi aĉetis antaŭ nelonge perkalon por ses ĉemizoj por la frateto, kaj la kvara ne estis ankoraŭ finita. Kiam la ses estos pretaj, ŝi komencos rebonigi la tolaĵon de la patro kaj poste ŝi devos kudri veston por si, ĉar la du, kiujn ŝi posedis, estis jam eluzitaj.

Tiom da elspezoj! Eĉ plej malkara vesto kostas multe. La malgranda salajro de la patro devas sufiĉi por ĉio. Ĝis nun ŝi sukcese gardis la egalpezon de la budĝeto, sed la patro ne ĉiam havas ĉion, kion li bezonas pro sia aĝo kaj malsanemo: nutran manĝaĵon, fruktojn...

La penso pri la manĝo rememorigis al ŝi la peceton da pano, kiun ŝi havis en la korbo; ŝi demordis iom, metis la panon sur la tablon kaj daŭrigis la kudradon.

En la sama momento en la aleo, kiu ĉirkaŭis la parkon, iris de la palaco viro alta kaj tre gracia; en hejma sed eleganta vesto, en malgranda felta ĉapelo sur siaj malhele blondaj haroj. La ovalo de lia vizaĝo estis delikata kaj pala, la vangoj glate razitaj; la malgrandaj lipharoj ombris la maldikajn lipojn, iom ironiajn, iom enuajn. Li estis tridekkelkjara, liaj movoj estis junaj, lertaj, iom malzorgetaj.

Li iris en la komenco kun klinita kapo, sed poste li levis ĝin por rigardi kaj admiri la arbojn de la parko. Ili staris senmovaj, en la kvieta aero kaj en la oro de l'suno. La aŭtuno jam flavigis la foliojn. De l'tempo al tempo la sekaj folioj kun kraketo dispeciĝis sub la piedoj de la iranto, kiu, malrapidigante la paŝojn, direktis la rigardon al la du verdaj muroj de la aleo: de l'pintoj, oraj kaj ruĝaj de l'suno, ĝis la dikaj trunkoj, kovritaj de muskoj, kvazaŭ de verdaj ĉifitaj puntoj.

Ĉarma anguleto, li pensis, kvankam malgranda kaj en malgranda urbo. Sed eble ĝi estas ĉarma ĝuste tial, ke ĝin plenigas tia silento, kian ne eblas trovi en la grandaj urboj, eĉ en la plimulto da grandaj princaj kamparoj.

Longe vivi en tia loko povus nur monaĥo, sed mallonga gastado estus agrabla. Tia kvieto trankviligas kaj igas sonĝi. Inter ĉi tiuj arboj oni dezirus vidi idilion. Ĉu nur vidi? Eble ankaŭ ludi rolon en idilio same naiva kiel la fabeloj pri amo de la paŝtistoj, same sekreta kiel la nestoj, kaŝitaj en la verdaĵo.

Tiaj revoj ne estas tre saĝaj, la loko naskigas ilin, ili malaperos kiel vantaj sonĝoj, lasante malĝojon sur la fundo de la koro dum kelkaj horoj. Cetere, kio estas saĝa en la mondo?

En la brua vivo de l' homoj oni trovas tiom da saĝo kiom da malsaĝo; tia opinio estas eĉ tro optimista. La procento da saĝo estas tre malgranda; la vero same rilatas la malveron. Montru al mi en la mondo homon — miraklon, kiu ne konas ŝajnigon, kaŝemon, koketecon, flatemon! La viroj estas flatemaj, la virinoj koketaj, oni eĉ povas iafoje trovi ambaŭ bonajn ecojn ĉe unu persono. Amikeco de la viroj, amo de la virinoj estas ŝerco de la naturo, montranta al la homoj idealojn, por ke ili restu dum la tuta vivo infanoj, persekutantaj papiliojn.

Sed oni ne povas ĉiun trompadi senfine. La sperto, eĉ ne tre longa, konvinkas, ke la kaptita papilio fariĝas baldaŭ abomena kadavreto. Tiam oni eksopiros al kvieta soleco, odoranta idilion — la blagon de la poetoj. Ĉar en la realo la idilia paŝtistino havas grandajn ruĝajn manojn kaj magnetan inklinon al la monujo de sia paŝtisto.

Tie ĉi, malproksime de la mondo, bone estus legi Rochefoucauld'on. Kia malhela kaj preciza pentro de la malhela vivo! Oni nepre devas veni ĉi tien kun Rochefoucauld kaj legi sub la arboj... Sed ĉu estas tie ĉi benkoj?

Por vidi, ĉu en la maljuna ombra aleo estas loko,

kie li povus sidiĝi kun Rochefoucauld, li levis la kapon kaj ekmiregis.

Kelke da paŝoj antaŭ li, tuj malantaŭ la krado, knabino en perkala vesto kun ruĝaj kaj grizaj strioj sidis sur mallarĝa benko sub siringa arbeto kaj diligente kudris. Ruĝa floro flamis en ŝiaj nigraj haroj, nigraj bukloj volviĝis sur la klinita nuko kaj sur la kolumo de la korsaĵo. De meza kresko, delikata kaj gracia, kun pala vizaĝo kaj ruĝega buŝo ŝi estis plena de freŝeco kaj ĉarmo.

La rapideco de ŝia kudrado ne malhelpis ŝin preni de tempo al tempo pecon da pano, kuŝanta sur tableto el du dikaj, fendiĝintaj tabuloj. Ŝi demordis peceton kaj maĉante ĝin reprenis la laboron. La pano estis bruna, la dentoj, kiuj profundiĝis en ĝin, egalaj kaj blankaj, kiel perloj. Du, tri minutojn ŝi kudras, kaj ree la mano kun brilanta fingringo etendiĝas al la peco, pli kaj pli malgranda, sed la laboro progresas. La kunkudrado de du pecoj de perkalo estos baldaŭ finita. Ankoraŭ unu mordo, ankoraŭ kelkaj steboj kaj fine la blankaj dentoj tratranĉas ne la panon, sed la fadenon: la knabino rektiĝas, rigardas la laboraĵon kaj sendube ŝi trovas, ke ĝi estas bona, ke la pano estis bongusta, ke la vetero estas bela, ĉar el ŝia buŝo elflugas gaja valsa melodio.

— La, la, la! la, la! la, la, la!

La junulo iris antaŭen kelkajn paŝojn de la arboj,

tra kies branĉoj li observis la knabinon. La sekaj folioj ekkraketis sub liaj piedoj.

La knabino sin turnis al la sono, kaj timo larĝigis ŝiajn brilantajn pupilojn. Du, tri jarojn ŝi jam venas ĉi tien, sed neniam ŝi vidis promenanton en la parko. Sed la timo ne daŭris longe.

La eksteraĵo de la juna homo faris bonan impreson. Li estis ĝentila homo, ĉar kiam liaj okuloj renkontis la rigardon de la knabino, li levis la ĉapelon kaj malkovris belan frunton kun profunda sulko inter la brovoj. Ĉi tiu sulko sur juna frunto estis rimarkinda, same kiel la longforma blanka mano, levanta la ĉapelon.

Kelke da sekundoj li ŝajnis ŝanceliĝi aŭ konsideri, poste li rapide proksimiĝis al la krado kun la ĉapelo en la mano kaj demandis tre ĝentile:

— Permesu demandi vin, fraŭlino, kiu loĝas en ĉi tiu bela dometo?

Lia rigardo montris la duonruinon, dronantan en la fazeola verdaĵo.

Klaro, iom konfuziĝinte, respondis:

— Ni loĝas tie...

Sed tuj ŝi korektis:

— Mia patro, Teofilo Wygrycz, mi, mia frato kaj fratino.

La maniero de ŝia parolado montris bone edukitan knabinon, al kiu ne mankas spiritĉeesto.

— Agrabla loko, rimarkis la juna homo.

— Oh, tre! — ŝi jesis kun la okuloj plenaj de ravo; — tiom da verdaĵo kaj kvieto!

— Nesto trankvila, — li diris kaj aldonis: — Kiu plantis antaŭ la domo la belajn kreskaĵojn, kiuj tiel pentrinde ĝin ombras?

Kontenta de la laŭdo, ŝi respondis kun brilantaj okuloj:

— Ĉu ne belege kreskas en ĉi tiu jaro la fazeolo? Mi plantas ĝin kun mia fratino ĉiun printempon, sed neniam ankoraŭ ĝi estis tiel alta kaj densa...

— Vere, ĝi estas mirinde alta kaj densa. Sed mi vidas florbedon. Ĉu ankaŭ la florojn vi plantis aŭ semis?

— Iom da levkojo kaj rezedo... nur malmulte, mi kaj mia fratino ne havas tempon kulturi pli multe.

— La fratino estas pli maljuna?

— Kontraŭe, kvar jarojn pli juna...

— Ŝi do estas?...

— Dekkvinjara...

Ili eksilentis; ŝi ree konfuziĝis, mallevis la vizaĝon al la laboraĵo kaj komencis kudri; li apogis sin al la krado, rigardis ŝin kaj restis. Ŝia konfuzo devenis ĝuste de la maniero, per kiu li ŝin rigardis.

Li ĵus demetis la ĉapelon, kaj sub la frunto kun profunda sulko liaj bluaj okuloj ŝerce ridetis. La teniĝo, la maniero paroli iom malrapide kaj skandante la silabojn, la rideto de la okuloj de la nekonato tute ne estis neĝentilaj, sed lia memfido kaj aristokrata ŝajno konfuzis la knabinon. Krom tio ŝi sciis, ke juna fraŭlino ne rajtas longe paroli kun nekonataj viroj, sed bruligis ŝin la scivolo: kiu li estas? De kie kaj kiel li aperis en ĉi tiu loko, ordinare senhoma? Ŝi pensis: kiamaniere demandi? — sed ŝi trovis nenian konvenan esprimon. Ŝi do kudris, kaj amaso da pensoj rapidis en ŝia cerbo unu post alia: Eble li foriros? Eble mi devas leviĝi kaj foriri? Ne, tio estus malĝentila; kial forkuri? Mi ja estas en mia propra laŭbo. Li reiru, de kie li venis! Kiu li estas? Li estas beleta... Lia voĉo estas tre agrabla...

Li, post kelkaj silentaj minutoj, reparolis per voĉo vere tre agrabla, mola kiel veluro:

— Kion vi faras?

Ne levante la kapon kaj okulojn, ŝi respondis:

— Ĉemizon por mia frato...

Ŝi ne vidis la rideton de la nekonato.

— Ĉu via frato estas plenaĝa?

— Oh ne, dek jarojn pli juna ol mi...

— Vi do estas la plej maljuna?

— Jes.

— Sed mi rimarkis en viaj respondoj mankon... Vi parolis pri via patro, pri viaj gefratoj... sed la panjo?

Ŝi silentis momenton kaj respondis mallaŭte:

— De kvar jaroj ni ne havas plu la patrinon... ŝi mortis...

— Kaj vi anstataŭas ŝin...

Ne levante la kapon, ŝi respondis:

— Mi penas tion fari... mi tre deziras... laŭ eblo...

La ŝerca rideto malaperis de la buŝo kaj okuloj de la nekonato. Li apogis pli forte la brakon al la krado kaj diris post momento:

— Mi vidas libron en via korbo... ĉu vi amas la legadon?

— Jes, mi tre amas legi.

— Kion vi legas?

Li etendis la manon super la krado; post momenta ŝanceliĝo ŝi donis al li la libron.

— Vere, stranga homo! Li staras kaj tute ne intencas foriri!

Li parolas kun mi kaj... li ne prezentas sin! Tio ne estas konvena, kvankam aliflanke... li estas tre ĝentila!

La libro havis dikan, eluzitan bindaĵon; ĝi kredeble estis legata multfoje kaj de multaj personoj. La nekonato malfermis ĝin, trarigardis la paĝojn kaj haltis ĉe la versoj, apud kiuj li trovis krajonan signon.

— Ĉu vi faris la signon?

— Jes, — ŝi respondis tute mallaŭte.

— Ĉu ili tiel plaĉas al vi?...

Duonlaŭte li komencis legi la versojn:

Tiel vi nin mirakle portos hejman limon!

Dume transportu mian sopiran animon
Al la arbar' — montetoj, herbejoj verdantaj,
Larĝe apud lazura Njemen tiriĝantaj...
[El „Sinjoro Tadeuŝ" de Mickiewicz, traduko de A. Grabowski]

Kvankam nur duonlaŭte, li legis tre bone. La knabino estis strange impresita: ŝi neniam aŭdis versojn, legatajn voĉe, kaj nun ili estis legataj per voĉo velura, plena de karesoj kaj iom malĝoja.

Li interrompis la legadon kaj ekpensis: — Jen mi estas tre malproksime de Rochefoucauld... en tute alia regiono... — Kaj li daŭrigis:

Kiujn la neĝeblanka poligon' ornamas,
Kie per virga ruĝo timiano flamas,
Kaj ĉion zonas, kvazaŭ per verda rubando,
La kampa, kun maldensaj pirarboj, limrando.

La okuloj de Klaro, ŝi ne sciis kial, pleniĝis de larmoj. Tio okazis ĉiam, kiam ŝi aŭdis muzikon. Ŝi ekhontis kaj iom koleris: li ne nur parolas kun ŝi, sed eĉ legas ŝian libron, kvazaŭ ili jam de longe konus unu la alian! kaj li tute ne diris sian nomon.

Ŝi kuraĝiĝis kaj, metinte la laboraĵon sur la genuojn, demandis kun serioza, eĉ severa mieno:
— Ĉu vi loĝas malproksime de ĉi tie?
Ŝi mem rimarkis, ke ŝi demandis pli laŭte, ol ŝi

volis, kaj ke ŝi tro sulkigis la brovojn. Sed tio ĉiam okazas tiamaniere: kiam oni devas montri grandan kuraĝon, oni ĉiam troas!

Li levis la okulojn de la libro kaj respondis:

— Tre proksime...

Li legis ankoraŭ du versojn:

Inter tiaj kampoj, apud rivereto
En betula arbaro, sur eta monteto...

Kvazaŭ pripensinte dum la legado, li fermis la libron kaj diris kun saluto:

— Mi ankoraŭ ne prezentis min al vi. Mi ne supozis, ke nia interparolado daŭros tiel longe. Sed nun mi sentas, ke mi deziros ripeti ĝin...

Momenton li konsideris, mallevinte la okulojn, poste li diris:

— Mi estas Julio Przyjemski, mi loĝas en ĉi tiu granda domo.

Li montris la princan parkon. La knabino gajiĝis: la reguloj de la konveneco estis plenumitaj, sed la sciigo iom mirigis ŝin.

— Mi pensis, ke en la palaco neniu loĝas...

— Ĝis nun, ekster la servistoj, neniu loĝis en ĝi, sed hieraŭ venis ĝia posedanto por pasigi ĉi tie iom da tempo.

— La princo? ŝi ekkriis.

— Jes; la princo, kiu pro monaj aferoj restos ĉi tie

Ŝi meditis momenton kaj demandis:

— Kaj vi venis kun la princo?

— Jes, — li respondis — mi venis kun princo Oskaro.

— Vi gastas, verŝajne, ĉe la princo?

— Tute ne, fraŭlino. Mi loĝas ĉe la princo, mia akompanas lin ĉie kaj ĉiam...

Post momenta medito li aldonis:

— Mi estas kunulo kaj plej intima amiko de la princo.

Ŝi ekpensis: kredeble li estas sekretario aŭ rajtigito de la princo! Ŝi sciis, ke grandaj sinjoroj havas sekretariojn kaj rajtigitojn. Cetere, kion ŝi povis scii pri la oficistoj de la princaj kortegoj! Ili sendube estas multaj kaj diversaj. Sed ŝi estis kontenta, ke la juna homo, kun kiu ŝi ĵus koniĝis, ne estis gasto de la princo. Ŝi ne sciis kial, sed ŝi estis tre kontenta, eksciinte pri tio.

— Ĉu la princo estas juna? — ŝi demandis.

Przyjemski momenton ŝanceliĝis kaj poste respondis kun rideto, kiu ŝajnis stranga al ŝi:

— Jes kaj ne; li vivis ne longe, sed li travivis multon...

Ŝi jese balancis la kapon.

— Ho jes! Mi imagas, kiom da feliĉo kaj plezuro enhavis lia sorto!

— Ĉu vi tiel opinias?

— Kompreneble. Mia Dio! Tiel riĉa, li povas ĉiam

fari, kion li volas!

Li turnis distrite per siaj maldikaj fingroj la paĝojn de la libro kaj respondis:

— Sed malfeliĉe por li... multaj aferoj ĉesis al li plaĉi.

— Sendube, — ŝi respondis post momento... multaj aferoj, kiuj ŝajnis en la komenco aŭ de malproksime bonaj, estas efektive tute aliaj...

— Vi jam tion komprenas? — li demandis iom mire.

Ŝi respondis kun gaja rideto:

— Mi vivis ne longe, sed mi travivis multon...

— Ekzemple? — li demandis ŝerce.

— Pli ol unu fojon mi tre deziris ion, mi revis ĝin, kaj poste mi konvinkiĝis, ke ĝi ne indis revojn kaj dezirojn...

— Ekzemple? — li ripetis.

— Ekzemple, mi deziris havi amikinon, sed intiman, koran, kun kiu mi povus vivi komunan vivon.

— Kion signifas: vivi komunan vivon? —

— Tio signifas: havi ĉion komunan. Havi komunajn pensojn pri ĉio, helpi unu la alian, havi la samajn ĝojojn kaj ĉagrenojn...

— Bela programo! Ĉu vi efektivigis ĝin?

Ŝi mallevis la okulojn.

— Mi neniam sukcesis. Jam du fojojn mi estis certa, ke mi havas tian amikinon kaj mi estis ekstreme feliĉa, kaj poste...

— Ĉu vi permesas al mi fini anstataŭ vi?... Poste vi konvinkiĝis, ke unue: la amikinoj estis multe malpli saĝaj ol vi, oni do ne povis havi komunajn pensojn; due: ke ili ne amis vin sincere... Ĉu jes?

Ne ĉesante kudri, ŝi jese balancis la kapon.

— Mi ne scias, ĉu la amikinoj estis malpli saĝaj ol mi, sed mi estas certa, ke ili ne amis min sincere.

Li daŭrigis malrapide:

— Ili kalumniis vin, insidis kontraŭ vi... pro bagatelo sentis sin ofenditaj, kaj ili mem senĉese vin ofendis...

Ŝi ekstreme ekmiris kaj levis la kapon:

— De kie vi tion scias?

Li ekridis.

— La princo travivis la samon, sed laŭ pli vasta skalo. En la komenco li estis ekstreme sentema kaj naiva, li kredis la amikecon, amon, feliĉon... un tas des choses de tia speco; sed poste li rimarkis, ke unuj enuigas lin, ke li enuigas la aliajn; ke sur la fundo de ĉiu koro kuŝas egoismo, ke ĉiu amikeco kaŝas en si perfidon... Jen kial li estas samtempe juna kaj maljuna...

Ŝi aŭskultis lin atente kaj poste flustris kun kompato:

— Malfeliĉa! Tiel riĉa kaj tiel mizera!

Przyjemski ekmeditis.

Apogante sin al la krado, li mallevis la rigardon; la

sulko inter liaj brovoj profundiĝis, la vizaĝo ŝajnis laca kaj dolora. Ŝi momenton rigardis lin, kaj poste kun viva ekbrilo en la okuloj ekkriis:

— Tamen ekzistas aferoj ĉiam bonaj, belaj kaj agrablaj, kaj la princo, kvankam li tiom travivis, devas esti tre feliĉa...

Levante la palpebrojn, li demandis.

— Kiuj aferoj?

Per rapida gesto ŝi montris la ĝardenon malantaŭ la krado.

— Ekzemple, tia ĝardeno! Ho Dio, kiom da fojoj sidante ĉi tie mi pensis pri la feliĉo povi ĉiam, kiam oni tion deziras, promeni kaj sidi sub tiaj arboj, rigardi la belajn florojn, loĝi en domo de tiel bela arĥitekturo... Mi estas jam feliĉa, kiam mi sidas ĉi tie kaj nur rigardas la silueton de ĉi tiu palaco kun linioj tiel harmoniaj kaj elegantaj, la arbojn, la herbaron... En aprilo tiom da violoj ornamas la herbaron, ke la verdaĵo malaperas sub ili, ĉio estas violkolora, kaj la bonodoro atingas eĉ nian dometon...

— Vi estas tre sentema al beleco...

Kun vivaj gestoj ŝi komencis gaje rakonti:

— Kiel mi laboris kaj penis antaŭ ol ni povis ekloĝi en ĉi tiu dometo!... Mi ekvidis ĝin okaze. Mi iris sur la strato, la pordego de la ĉirkaŭbaro estis malfermita kaj apud ĝi oni vendis fruktojn.

Mi eliris por aĉeti kelke da ili por mia patro kaj

mi ekvidis la ĉarman dometon en la ĝardeneto, tuj apud alia, pli vasta kaj pli bela ĝardeno. Mi varmege ekdeziris posedi la dometon, por ke la patro kun la infanoj loĝu en la verdaĵo, en tiel agrabla kvieto... kaj mi kun ili... Malfacila estis la afero. Mi devis trovi la posedanton; persone paroli kun li; li estas riĉa homo, loĝas en la centro de la urbo, en grandega domo. Mi estis tie kelke da fojoj, antaŭ ol li konsentis trakti kun mi la aferon. La prezo estis tro alta por ni, ni devis prokrasti la aĉeton, la transloĝiĝo kostis multe... unuvorte, mil da malfacilaĵoj kaj malhelpoj. Mi venkis ĉion, kaj dank' al Dio ni loĝas ĉi tie... Jam de tri jaroj...

— Vi do estis deksesjara, kiam vi plenumis ĉi tiujn heroaĵojn?

Ŝi ekridis.

— Heroaĵo certe ĝi ne estas, sed forta decidemo estis necesa. Mi estas certa, ke la sanon de mia patro subtenos nur la ĉi tiea pura aero kaj kvieto. Se ni restus en nia antaŭa loĝejo, en malpura kaj brua kvartalo, kiu povas scii, kio okazus! Kaj ĉi tie la stato de mia patro almenaŭ ne plimalboniĝas kaj ni ĉiuj fartas bone.

— Bone! — ripetis Przyjemski, — vi do estas tute feliĉa, de kiam vi loĝas ĉi tie?

Daŭrigante la kudradon, ŝi malĝoje ekskuis la kapon.

— Tute? Ne, ĉar la farto de la patro kaj la

estonteco de la infanoj maltrankviligas min...

— Kaj la via?

Ŝi levis al li siajn okulojn, plenajn de mirego:

— Mia estonteco? Kio povas okazi? Mi jam estas plenaĝa kaj sendependa...

— Vi estas pli feliĉa ol la princo...

— Kial?

— Ĉar seniluzia, multfoje vundita estas lia koro, sencelaj la horoj kaj tagoj...

— Kompatinda! — ŝi flustris kaj post momento ekparolis vive:

— Tamen ŝajnas al mi, ke la princo povus esti feliĉa, se li nur volus, aŭ scius kion fari. Eble mi estas tro memfida, sed se mi estus li, mi scius direkti mian koron kaj vivon.

— Kion vi farus?

— Mi suprenirus en ĉi tiun turon... Kaj mi rigardus atente la tutan urbon. Mi vidus ĉiujn, kiuj suferas aŭ bezonas ion kaj...

Ŝi haltis kaj neatendate demandis:

— Ĉu vi iam vidis medaleton de Pariza Dipatrino?

— Ŝajnas al mi... eble... mi ne memoras bone...

— Sankta Virgulino staras, kaj el ambaŭ ŝiaj manoj fluas amase radioj, kiuj konsolas, lumigas kaj defendas kontraŭ la malbono... se mi estus princo, mi surirus la turon kaj etendinte la brakojn mi verŝus riverojn da radioj... Ho Dio, kiel feliĉa mi estus!...

La vortojn ŝi akompanis per gestoj: ŝi montris la pinton de la turo, poste ŝi mallevis la brakojn kaj skuis ilin, kvazaŭ ŝutante ion teren.

Przyjemski aŭskultis. liaj okuloj sub la profunda sulko fariĝis dolĉaj kaj brilaj.

— Bele, tre bele! — li flustris al si mem.

Sed tuj, kun ironia nuanco li ekparolis:

— Sankta kredo al la savanta efiko de la filantropio! Mi ĝin ne deprenos. Oni devas nenion aldoni al vi... nenion depreni... Mi ne scias... pri la princo, sed mi mem...

Iom levante la ĉapelon, kiun li ĵus remetis sur la kapon, li aldonis:

— Mi estas feliĉa, ke la sorto permesis al mi koniĝi kun vi...

Karmina ruĝo kovris la vizaĝon de Klaro. Ŝi komencis rapide, rapide meti la laboraĵon en la korbon.

— Jam estas tempo reveni hejmen...

— Jam? — li demandis bedaŭre.

Li ekrigardis ŝian libron:

— Ĉu vi afable konsentos prunti al mi ĉi tiun libron ĝis morgaŭ!

— Tre volonte, kun plezuro, — ŝi respondis ĝentile.

— Mi redonos ĝin al vi morgaŭ... Kiam vi en la sama horo venos en la laŭbon. Ĉu vi konsentas?

— Jes, sinjoro — ŝi respondis senŝanceliĝe, — mi

venas ĉi tien ĉiutage, se la vetero estas bela...

— Ĝi estu bela morgaŭ!...

Infana voĉo eksonis de la domo:

— Klaro, Klaro!

Sur la balkono aperis knabeto dekjara en gimnazia vesto kaj svingante la manojn al la laŭbo, vokis kaj kriis:

— Klaro, Klaro! Jen mi revenis! La patro ankaŭ venas, Franjo tuj alkuros el la kudrejo. Venu rapide kaj donu la tagmanĝon! Mi mortas de malsato!...

— Mi venas, mi venas! — ekkriis Klaro kaj salutinte la novan konaton estis forkuronta, kiam li haltigis ŝin per la vortoj:

— Vian manon, mi petas, por adiaŭo...

Ne ŝanceliĝante, kun ĝentila saluto ŝi etendis la manon. nur kiam ĉi tiu mano gracia, sed iom malglata, troviĝis en la blanka mola mano, kiu delikate sed longe premis ĝin, karmina ruĝo kovris ŝian tutan vizaĝon, de la nigraj bukloj sur la frunto, ĝis la kolumo de la korsaĵo.

第一章

这是那种农村小巧可爱的房子之一，或者是它的回声，坐落在城市的街道和房屋之间。小小的，白色的，带有两根柱子的阳台，它矗立在一个被疏忽的花园中，这个花园正因为被疏忽而显得绿意盎然、新鲜。它完全没有庭院；一部分花园和木栅栏将它与街道隔开，木栅栏如此之高，以至于从街道无法看到房子，从房子的窗户也看不到街道。从远处看，这是一个宁静明亮的角落；但近看，几乎是一座废墟，墙壁因为老化而弯曲，被漆成粗糙的白色，半藏在向上攀爬的豌豆草的绿色丛中。除了豌豆草外，在阳台前还开着一些花，阳台上放着两条狭窄而陈旧的长凳。

房子的房间又小又低，地板粗糙，壁炉笨拙，由绿色瓷砖构成。

通过厨房的门，克拉拉·维格里奇（Klaro Wygrycz）一边唱歌，一边跑进了其中一个房间，因为她总是在开心的时候唱歌。

她穿着一件有红色和灰色条纹的亚麻衣服，戴着围裙；她的袖子被折叠到了肘部。

用刚刚洗过的手，还因为冰冷的水而泛红，她迅速地脱掉围裙，卷起来放进了一张古老橱柜的抽屉里，心想："我得快点洗它，它很脏。"然后她展开了袖子，并把剪过的亚麻布、剪刀、线和戒指放进了她的篮子里。她环顾了一下房间，从抽屉里拿出一本书，也放进了篮子里，还有一块从厨房带来的面包。然后她开始唱着华尔兹的旋律：啦啦啦！啦啦啦！然后奔向了阳台。她停了下来，在那里看着豌豆草和花坛。

豌豆草已经被壳子覆盖，但在它的大叶子间还留着一些火红的花朵。克拉拉摘下了一朵花，插在她的黑发中，她的黑发盘在额头上，自由地卷曲在脖子和肩膀上。红花在它们之间看起来像一个小小的火焰。

这个女孩并不完美地美丽如天仙，但她拥有十九岁的新鲜感和她生动的动作、眼神和微笑的魅力。她现在也在看着花园微笑着。她感到快乐，她已经完成了所有的任务，现在有两个小时完全自由。父亲在办公室，兄弟在学校，姐妹在缝纫室；已经准备好的午餐在烤箱里等着他们回来。

整理好了住所并煮好了午餐，她有点饿了。所以她拿起一块面包放进篮子里。

她将在榉树丛中用餐，这是她最喜爱的地方，在花园尽头，靠近环绕着皇家公园的栅栏。

每当她在那里只有自己独自工作和思考度过一个或两个小时的时候，她就变得快乐起来。

这位生气勃勃的女孩喜欢孤独。年轻的头脑有它的烦恼，她从未感到如此孤独，也从未能像在榉树丛中那样毫不拘束地思虑。在那里，在低矮的篱笆后面，是一条阴凉的老树大道，它们散布在篱笆的对面，展示了一座小而美丽的苍白宫殿，有两座塔楼和三排高而窄的窗户。由于周围一直是一片寂静，那座灰色、宏伟的宫殿看起来有些神秘。窗户总是紧闭着，除了园丁们整理道路和花坛外，没有人会去参观花园。在大树丛旁边有一个小门，总是紧闭着。这是一个美丽而精心保养的公园，但却没有散步者。

克拉拉知道，宫殿的拥有者，奥斯卡王子，从未住在那里。其实，她并不在乎宫殿是否有居住者，但出于对美的本能理解，她总是很享受看着这座豪华的建筑物。

现在，坐在两棵榉树之间的窄长长凳上，她没有看向宫殿，也没有欣赏它的美丽。她在认真地缝纫。在她面前的独立的小桌子上，有一个篮子里面放着一块块粗棉布和一本书，现在还不是读书欣赏的时候，工作很紧迫。她不久前买了粗棉布要给弟弟缝制六件衬衫，而第四件还没有完成。当六件衬衫完成后，她将开始修理父亲的床单，然后为自己缝制一件新衣服，因为她已经穿破了她拥有的两件衣服。

如此多的开销！即使是最便宜的衣服也很昂贵。父亲微薄的工资必须要够用。到目前为止，她成功地保持了预算的平衡，但由于父亲的年龄和健康问题，他并不总是拥有他所需要的一切：营养丰富的食物，水果......想到食物让她想起了篮子里放着的一块面包，她咬了一口，把面包放在桌子上，继续缝纫。

与此同时，在环绕着公园的小径上，一个高大而非常优雅的男人从宫殿那边走来；他穿着家常但优雅的服装，头上戴着小毡帽，金黄色的头发显得苍白。他的脸型温和纤细，脸颊光滑无须；淡淡的胡须遮挡着瘦削而略带讽刺、有点无聊的嘴唇。他三十多岁，动作年轻、灵活，有些潇洒。

他一开始走路时低着头，但后来抬起头来，欣赏着公园里的树木。它们静静地站在那里，在宁静的空气和阳光的照耀下。秋天已经让叶子变黄了。不时地，枯萎的叶子在脚下发出轻微的嘎吱声，他放慢了脚步，把目光转向小径两侧的两堵绿色墙壁：从阳光的金红色顶端到被苔藓覆盖的粗壮树干，就像是绿色细褶的点缀。

"迷人的一角，"他想，尽管很小，在一个小城里。但也许正是因为这里充满了这样一种寂静，这种寂静在大城市，甚至在大多数大型宫殿的庭园中都找不到。

在这样的地方长久生活只有修道士才能做到，但短暂停留却是愉快的。这种宁静让人平静，让人做梦。在这些树木之间，人们希望看到田园诗般的景象。仅仅是看到吗？也许还想在田园诗般的故事中扮演一个角色，就像牧羊人之间的爱情故事一样纯真，就像隐藏在绿色中的鸟巢一样神秘。

这样的梦想并不明智，这个地方孕育了它们，它们会像虚幻的梦一样消失，在心底留下几个小时的悲伤。此外，在这个世界上什么是明智的呢？

在人们喧嚣的生活中，人们找到的智慧和愚蠢一样多；这种看法甚至过于乐观。智慧的比例非常小；真理与谎言也是如此。向我展示在这个世界上一个人，一个奇迹，不认识虚伪、隐藏、媚俗、奉承！男人是奉承的，女人是媚俗的，有时甚至可以在同一个人身上找到这两种"优点"。男人的友谊，女人的爱情都是大自然的玩笑，向人们展示理想，让他们在整个生命中保持孩子般，追逐蝴蝶。

但不能永远愚弄每个人。经验，即使不长，也会让人相信，捕捉的蝴蝶很快变成可憎的腐尸。这时人们渴望宁静的孤独，芬芳的田园诗般的生活，诗人的幸福。因为在现实中，田园诗般的牧羊女有着粗糙的大红手，总是对牧羊人的钱包有着吸引力的。

在这里，远离世界，最好读读《罗什富科尔》。他对黑暗生活的描述是多么准确深刻！人们一定要带着《罗什富科尔》来到这里，在树下阅读……但这里有长椅吗？

为了看看在老旧的阴影林荫小道上是否有地方，他抬起头，惊叹不已。

在他前面几步之外，就在篱笆后面，一个穿着珠纱服装、红色和灰色条纹的女孩坐在一张窄长的长椅上，树下勤奋地缝纫。红色的花在她的黑发中闪耀，黑色的卷发盘绕在斜倚的颈部和胸襟上。中等身材，娇嫩而优雅，面容苍白，嘴唇泛着红晕，她充满了青春和魅力。

她缝纫的速度并没有妨碍她不时拿起一小片面包，放在由两块厚实、裂开的木板构成的托盘上。她咬下一块面包，嚼着，然后继续工作。面包是棕色的，深深嵌入其中的牙齿，均匀而洁白，如同珍珠。她缝了两、三分钟，然后再次伸出带着闪亮戒指的手取那块越来越小的面包，但工作继续进行。两块珠纱的缝合很快就会完成。再一口咬，再几根线，最后，洁白的牙齿割断的不是面包，而是线：女孩挺直身子，看着她的作品，毫无疑问地她发现，这是美好的，面包味道鲜美，天气宜人，因为从她的嘴里传出了欢快的华尔兹旋律。

一拉，拉，拉！拉，拉！拉，拉，拉！

年轻人朝树木前进了几步，透过树枝观察着那位女孩。枯叶在他脚下发出嘎吱声。

女孩转身面向声音，恐惧扩大了她闪亮的瞳孔。她已经来到这里两三年了，但从未见过有人在公园里散步。但恐惧并没有持续很久。

年轻人的外表给人留下了好印象。他是一个有礼貌的人，因为当他的眼睛遇到女孩的目光时，他抬起帽子，露出一张美丽的额头，两眉之间深深地皱着。这个年轻额头上的皱纹是引人注目的，就像那长形的白手，抬起帽子。

几秒钟后，他似乎有些摇晃或在考虑，然后迅速走近女孩，手持帽子，非常有礼貌地问道：

— 请问，小姐，谁住在这座美丽的小屋里？

他的目光指向那座半废墟，被豆蔻绿植物覆盖着。

克拉拉有点困惑地回答道：

— 我们住在那里... 但她立刻纠正道：

— 我的父亲，提奥菲洛·维格里茨，我，我的哥哥和妹妹。

她讲话的方式显示出她是一个受过良好教育的女孩，精神敏锐。

— 一个宜人的地方，年轻人评论道。

— 哦，非常！— 她眼中充满着喜悦地点头；

— 这么多绿色和宁静！

— 一个平静的巢，— 他说，并补充道：

— 谁在房子前种植了那些美丽的植物，如此绘画般地为它遮荫？

听到表扬，她满意地用闪亮的眼睛回答道：

— 今年豌豆长得不是特别漂亮吗？

每个春天我和妹妹都会种植它，但它从未长得如此高大和浓密...

— 确实，它长得出奇地高大和浓密。

但我看到了花坛。你也种植或撒播了花吗？

— 一些百合花和木犀花...

只有一点点，我和我的妹妹没有时间种更多。

— 妹妹多大了？

— 比我小四岁...

— 所以她是？...

— 15岁...

他们陷入了沉默；她再次感到困惑，将脸垂下看着手工，开始缝衣服；他靠在篱笆上，看着她，保持安静。她的困惑正是因为他看她的方式。

他刚刚摘下帽子，额头上深深的皱纹下，他那双蓝色的眼睛开玩笑般地微笑着。他的举止、稍微缓慢而有节奏的说话方式，以及陌生人眼中的笑容，完全不失礼貌，但他的自信和贵族的风度让这位女孩感到困惑。除此之外，她知道年轻小姐不应该长时间与陌生男士交谈，但好奇心燃烧着她：他是谁？他从哪里来，以何种方式出现在这个通常无人的地方？她想：如何询问？

— 但她找不到合适的措辞。

于是她继续缝衣服，一连串的思绪在她的脑海里飞速闪现：也许他会离开？也许我应该起身离开？不，那样会失礼；为什么要逃跑？毕竟我在自己的地盘上。让他走回去，他从哪里来的！他是很帅的... 他的声音非常悦耳...

静静地过了几分钟后，他用一种非常悦耳、柔软如丝绒般的声音再次开口：

— 你在做什么？

她没有抬起头和眼睛，回答道：

— 给我弟弟做衬衫...

她没有看到陌生人的微笑。

— 你的弟弟已经成年了吗？

— 哦不，比我小十岁...

— 所以他是最小的？

— 是的。

— 但我注意到在你的回答中缺少了什么...

你提到了你的父亲，你的兄弟姐妹...但母亲呢？

她沉默了一会儿，低声回答道：

— 四年前我们失去了母亲... 她去世了...

— 你在替代她...

她没有抬头，回答道：

— 我努力去做... 我非常渴望... 尽可能地...

那个陌生人脸上的笑容消失了，他更紧握了一下栅栏，过了一会说道：

— 我看到你篮子里有一本书... 你喜欢阅读吗？

— 是的，我非常喜欢阅读。

— 你在读什么书？

他的手向上伸了伸；经过一会的迟疑，她递给了他这本书。

— 真是个奇怪的人！他站在那里，完全没有打算离开！他和我交谈...但他并没有介绍自己！

这不合适，尽管另一方面... 他非常有礼貌！

这本书有一本厚实、磨损的封面；显然已经被很多人阅读过多次。陌生人打开了书，翻阅着页面，停在了一首诗旁边，旁边有一支用铅笔画的标记。

— 你画了这个标记吗？

— 是的，— 她非常低声地回答道。

— 你喜欢这几行吗?...

他开始半大声地念起了那首诗：

这样你会奇迹般地把我们带回家乡的边界！
同时，把我的渴望的灵魂
带到那片森林— 山丘，青草地，
被蓝色涅曼河辽阔引伸...

[出自米茨凯维奇的《泰戈泽先生》，
A．Grabowski翻译]

尽管他只是用一半大声在读，但读得很好。这个女孩感到很奇怪：她从未听过有人用声音朗读诗歌，现在却是用一种柔和、充满关怀和些许忧伤的声音读出来。
他停止了阅读，陷入沉思：
— 我距离罗切福考尔德很远...
在一个完全不同的地方...
— 然后他继续朗读道：

在雪白的多边形上装饰，
用红色的百里香点燃，
而一切都被围绕着，就像被绿色缎带包围，
田野，稀疏的梨树，边缘。

克拉拉的眼睛，她不知道为什么，充满了眼泪。这总是发生在她听到音乐的时候。她开始感到尴尬和有些生气：他不仅和她交谈，还读她的书，好像他们早就相互认识！而且他甚至没有说出他的名字。
她鼓起勇气，把缝制的东西放在膝盖上，用严肃甚至严厉的面孔问道：

— 你住得离这里远吗？

她自己注意到，她问得比她想象中要大声，而且眉头皱得太过厉害。但这总是这样：当你需要展现出巨大的勇气时，你总是会过火！

他抬起看书的眼睛回答道：

— 非常近...

他又读了两行：

在那样的田野之间，靠近小溪

在桦树林中，小山上...

仿佛在阅读的同时思考着，他合上了书，然后带着问候说：

— 我还没有向您介绍我自己。

我没想到我们的对话会持续这么长时间。但现在我感觉我想要继续...

他考虑了一会儿，放下了眼睛，然后说：

— 我是尤利乌斯·普日耶姆斯基，

我住在这座大房子里。

他指向了王宫公园。那女孩高兴起来：礼仪规则已经遵守了，但这个消息有点让她感到惊讶。

— 我以为王宫里没有人住...

— 到目前为止，除了仆人外，

没有人住在那里，但昨天它的主人来了，要在这里度过一些时间。

— 王子？她惊叫道。

— 是的；王子，

因为金钱问题会在这里停留一阵

— 她沉思片刻，然后问道：

— 你跟王子一起来的吗？

— 是的，

— 他回答道

— 我是和王子奥斯卡一起来的。

— 你在王子那里做客，对吧？

— 完全不是，小姐。我住在王子那里，

我随时随地陪伴他...

经过一会的思考后，他补充道：

— 我是王子的同伴和最亲密的朋友。

她开始思考：也许他是王子的秘书或授权代表！她知道大贵族通常会有秘书和授权代表。另外，她又怎么可能面对王室的官员！他们肯定是很多而且各种各样的。但她很高兴，刚刚认识的这个年轻人并不是王子的客人。她不知道为什么，但得知这个消息后她感到非常高兴。

— 王子年轻吗？

— 她问道。

普日耶莫斯基犹豫片刻，然后带着对她来说似乎奇怪的微笑回答道：

— 是和不是；他年龄不大，但经历了很多...

她点了点头。

— 噢是的！我想象得出来，

他的命运里包含了多少幸福和快乐！

— 你这样认为吗？

— 当然。天哪！那么富有，他可以随心所欲！

他心不在焉地用细长的手指翻动书页，然后回答道：

— 但对他来说不幸的是...

很多事情不再使他愉悦。

— 无疑，

— 她在片刻之后回答道...

很多事情，一开始看起来或从远处看是好的，实际上完全不同...

— 你已经明白了？

— 他有些惊讶地问道。

她带着开心的笑容回答道：

— 我活得不长，但我经历了很多...

— 比如？

— 他开玩笑地问道。

— 有一次，我非常渴望某事，我梦想着它，
后来我确信，这并不值得作为梦想和渴望…
— 比如？— 他重复道。
— 比如，我渴望有一个朋友，一个亲密的，
心灵相通的朋友，我可以和她共同生活。
— 共同生活是什么意思？
— 那意味着：拥有一切共同。
共同思考每件事情，
互相帮助，分享同样的喜悦和忧愁…
— 美好的计划！你实现了吗？她垂下眼睛。
— 我从未成功过。已经有两次，
我确信我有这样的朋友，我极其幸福，然后…
— 你允许我来代替你结束叙述吗？…
然后你确信，首先：那些朋友比你不聪明得多
，所以无法有共同思考；其次：她们并不真心
地爱你…是吗？
她继续地缝着衣服，点了点头。
— 我不知道，那些朋友是否比我不聪明，
但我确信她们并不真心地爱我。
他慢慢地继续说道：
— 她们诽谤你，阴谋对付你…
因为一点小事就感到受伤，
然后她们自己不停地伤害你…

她极其惊讶地抬起头：

— 你怎么知道这些？他笑了起来。

— 王子经历了同样的事情，

但在更广阔的尺度上。

一开始他非常胆怯和幼稚，相信友谊、爱情、幸福... 以及其他类似的事情；

但后来他注意到，有些人让他厌烦，他让其他人厌烦；每颗心底深处都藏着自私，每段友谊都隐藏着背叛...

这就是为什么他既年轻又老成...

她专心倾听着，然后怜悯地低声说道：

— 不幸啊！如此富有，却如此悲惨！

普日耶姆斯基陷入沉思。他倚在凳子上，垂下了目光；他眉间的皱纹加深了，脸上显得疲倦而痛苦。她看了他片刻，然后眼中闪现出活力的光芒，惊叫道：

— 然而总是有一些事情总是美好、

优美和令人愉快的，

王子，尽管他经历了这么多，一定非常幸福...

他抬起眼皮，问道。

— 什么事情？

她用快速的手势指向了凳子后面的花园。

— 例如，就像这样的花园！哦，天哪，

坐在这里多少次我想到幸福是能够随时，只要想要，散步并坐在这样的树下，看着美丽的花朵，住在这样美丽建筑的房子里...

当我坐在这里只是看着这座宫殿的轮廓，线条如此和谐而优雅时，我已经很幸福了，树木，花草...

四月份有这么多的紫罗兰装饰着花园，绿色被它们覆盖，一切都是紫色的，甜美的气味甚至能够飘到我们的小屋里...

— 你对美很敏感...

她开始快乐地讲述起来。

— 我是如何辛勤工作，努力奋斗，

才能够在这座房子里生活的！...

我是偶然看到的。我走在街上，周围的门口敞开着，旁边有人在卖水果。我出去为我父亲买了一些水果，然后我看到了这个迷人的小屋，就在另一个更大更美丽的花园旁边。我非常渴望拥有这个小屋，让父亲和孩子们住在绿色中，享受这样宁静的生活...

我要做的事情并不容易。我必须找到房屋的主人；亲自与他交谈；他是一个富有的人，在城市中心，住在一栋豪华的房子里。在他同意与我交易之前，我去了那里几次。价格对我们来说太高了，我们不得不推迟购买，搬家花了很多钱...

总之，有上千件困难和障碍。但我克服了所有这些，感谢上帝我们现在住在这里...

已经三年了...

— 那么，你完成这些壮举时是十六岁了吗？

她笑了起来。

— 英雄事迹肯定不是，但是需要坚定的决心。我确信，父亲的健康只有在这里清新的空气和宁静中才能得到支持。如果我们留在以前的住所，那个肮脏喧闹的区域，谁知道会发生什么！在这里，父亲的健康至少不会恶化，我们大家都过得很好。

— 很好！— 普日耶姆斯基重复道，

— 那么，自从你们住在这里以来，

你完全幸福吗？

继续缝纫，她沮丧地摇了摇头。

— 完全吗？不，

因为父亲的状况和孩子们的未来让我感到不安...

— 那你呢？

她抬起眼睛，充满了惊讶：

— 我的未来？会发生什么？

我已经成年并且独立...

— 你比王子更幸福...

— 为什么？

— 因为他的心充满失望，受过很多伤害，
时间和日子毫无意义...

— 可怜的王子！

— 她低声说，过了一会儿又兴奋地说道：

— 然而我觉得，如果王子愿意，
或者知道该怎么做，
他可能会很幸福。也许我太过自信，但如果我
是他，我会知道如何引导我的心灵和生活。

— 你会怎么做？

— 我会爬到这座塔上去...
然后我会仔细观察整个城市。
我会看到所有那些受苦或需要帮助的人...
她停顿了一下，突然问道：

— 你有没有见过巴黎圣母院的奖章？

— 看起来...也许...我记忆不太清楚...

— 圣母玛利亚站在那里，
从她两只手中涌出大量的光芒，
安慰、照亮并抵御邪恶...如果我是王子，我会爬
上塔顶，伸出双臂，释放出一条条光芒...哦，天
啊，我会多么幸福啊！...
她的话语伴随着手势：她指向塔尖，然后双臂

下垂并摇动，仿佛在向地面洒落某物。

普日耶姆斯基听着；他的眼睛在深深的皱纹下变得温柔而闪亮。

— 美丽，非常美丽！

— 他自言自语道。

但立刻，带着讽刺的口吻，他开始说：

— 圣洁信仰慈善的挽救效力！我不会抛弃它。你不需要添加任何东西...也不需要取走任何东西...我不了解...关于王子，但是关于我自己...

稍微抬起他刚刚重新戴上的帽子，他补充道：

— 我很高兴命运让我有机会认识你...

克拉拉的脸上涌现出绯红。她开始快速地把针线等放进篮子里。

— 现在是回家的时候了...

— 现在？

— 他遗憾地问道。

他看了看她手中的书：

— 你愿意友好地借给我这本书直到明天吗！

— 非常乐意，很高兴，

— 她彬彬有礼地回答道。

— 明天我会还给你...

当你在同样的时间来到廊道时。你同意吗？

— 是的，先生，— 她毫不犹豫地回答道，

— 如果天气好的话，我每天都会来这里...
— 明天天气会很好！...
从房子里传来了一个儿童的声音：
— 克拉拉，克拉拉！
在阳台上出现了一个穿着中学制服的十岁男孩，挥舞着手臂向走廊喊道：
— 克拉拉，克拉拉！我回来了！爸爸也来了，弗朗茨立刻从缝纫房跑过来。快过来给我午餐！我快饿死了！...
— 我来了，我来了！
— 克拉拉喊着，打算离开，但被他的话拦住：
— 请把您的手伸过来，我们作别...
毫不犹豫，她用礼貌的方式伸出了手；只有当这只手，优雅但有点粗糙，与那只白皙柔软的手相接触时，那只手轻轻地但长时间地握住了她的手，从额头上的黑色卷发，一直到颈部的衣领，她整个脸庞涌现出绯红。

Ĉapitro II

Longe antaŭ la tagmezo, Julio Przyjemski, sidante sur benko en la parko kun la libro en la mano, rigardis ofte la dometon, staranta en la fazeola verdaĵo meze de la najbara ĝardeno. La malalta krado kaj la disiĝo de la arbaj branĉoj permesis vidi klare ĉion, kio okazas ĉirkaŭ la dometo.

Unue li ekvidis viron altan, maldikan, kun griziĝantaj haroj, kiu iris sur la balkonon, en eluzita palto, en ĉapo kun steleto, kun malgranda paperujo sub la brako. Post li kuris Klaro kaj, metinte ambaŭ manojn sur liajn ŝultrojn, parolis kun li, proksimigis sian frunton por kiso kaj revenis internen. La maldika, griza viro ekiris malrapide al la pordeto de la ĉirkaŭbaro. Li ankoraŭ ne trairis la duonon de la vojo, kiam haltigis lin laŭta vokado el la domo:

— Paĉjo, paĉjo!

Knabineto en mallonga vesto, en blua tuko sur la kapo, alkroĉiĝis al lia brako kaj kune ili eliris el la ĝardeno. Przyjemski ridetis.

— La paĉjo iras en la oficejon, la fratineto en la kudrejon... Benedikto estas lertulo!... Hieraŭ mi diris al li: „Eksciu!"

— kaj hodiaŭ matene li jam sciis ĉion. Tridek rubloj monate... ĝi estas mizero. Kompreneble. La idilioj ja ekzistas por malsataj poemamantoj. Ŝi manĝas nigran panon kaj... portas poemojn en la korbo.

Li rigardis la libron, kiun li havis en la mano. Ĝi ne estis La Rochefoucauld, sed la malnova libro en eluzita bindaĵo, kiun li pruntis hieraŭ de Klaro. Jen ree kelkaj versoj signitaj per krajono. Ni legu:

Malmultaj nubetoj sur ĉielo grandioza,
Blua supre alte, okcidente roza...

Li medite levis la okulojn.

— Antaŭ multaj, multaj jaroj mi legis ĉi tion, mi estis tiam ankoraŭ infano. Bela poemo! Precipe ĉi tie, sub ĉi tiuj arboj ĝi estas tre konforma legaĵo... Mi ne redonos al ŝi la libron hodiaŭ kaj mi tralegos ĝin de la komenco ĝis la fino... Mi tre volus scii, kion ŝi faras en ĉi tiu momento, malantaŭ la fazeola verdaĵo?

Li tuj tion eksciis. Klaro aperis sur la balkoneto, portante ion pezan en la disetenditaj manoj. Przyjemski kliniĝis antaŭen por pli bone vidi kaj konstatis, ke la juna knabino, kun la manikoj falditaj ĝis la kubutoj, portis kuveton plenan de malpura akvo, kiun ŝi elverŝis malproksime de la domo, malantaŭ la branĉoriĉa pomarbo kaj ribaj arbetoj.

Kiam ŝi reiris kun malplena kuveto, li rimarkis, ke ŝia vesto estis kovrita per tola antaŭtuko.

— Nedubeble ŝi lavas la tolaĵon, ŝi ja portas la kuveton. Ŝi, tiel delikata kaj inteligenta... Kiel ŝi parolis hieraŭ pri Sankta Virgulino... tre bele... tre bele!

Li legis, meditis, foriris, revenis, foriris por kelkaj horoj kaj post tagmezo li ree estis en la parko preskaŭ en la sama horo, en kiu li hieraŭ renkontis Klaron.

Li sidiĝis sur la benko kun la sama libro en la malnova bindaĵo kaj ĉiumomente levis la okulojn, rigardante la najbaran ĝardenon. Fine li kliniĝis rapide antaŭen por pli bone vidi tra la branĉoj.

Du personoj venis sur la balkonon. Unu estis maljunulino en nigra vesto, kun nigra tuko sur la tute grizaj haroj. la alia, Klaro, en vesto kiel por iri en la urbon, en malhela manteleto kaj pajla ĉapelo, ornamita per rubando. Ili malsupreniris de la balkono, rapide trairis la ĝardenon kaj malaperis malantaŭ la ĉirkaŭbaro.

— Basta! — diris Przyjemski kun rideto, — ŝi foriris kaj ne venos plu ĉi tien. Mi fortimigis la birdeton. Domaĝe estas, ĉar ŝi estas ĉarma!...

Li fermis nerve la libron kaj iris al la palaco. la sulko pliprofundiĝis sur lia frunto.

Klaro de la frua mateno meditis: ĉu iri, aŭ ne iri?

Preparante la matenmanĝon por la patro kaj infanoj, reordigante la loĝejon, kuirante la tagmanĝon, lavante sian antaŭtukon, ĉiumomente ŝi demandis sin: ĉu iri, aŭ ne iri en la siringan laŭbon, kie sinjoro Przyjemski tuj aperos trans la krado. Ŝi ne povis labori kiel ordinare, ĉar ĉiumomente ŝi pensis pri la hieraŭa renkonto.

Stranga okazo! Renkonti homon fremdan, tiel longe paroli kun li, eĉ prunti al li libron! Mi neniam aŭdis iun tiel belege legantan. Kiel ĉarma li estas! Stranga estas la sulko sur lia frunto, tiel profunda, kaj sub ĝi la okuloj tiel bluaj, tiel bluaj, jen maltimaj kaj ridantaj, jen malĝojaj! Kiel ĉarma li estas! Unufoje li tiamaniere ekrigardis min, ke mi estis forkuronta... Mi sentis min kvazaŭ ofendita de li, sed poste li komencis rakonti pri la princo tiel interesajn aferojn... Kiel ĉarma li estas. Kiel li diris: „Oni devas nenion aldoni al vi, nenion depreni!" Kiel ĉarma li estas!

La flamo de la fajrujo kovris ŝian vizaĝon per varmega purpuro. ŝi ofte stariĝis antaŭ la malfermita fenestro, tra kiu la vento karesis ŝiajn vangojn. Ju pli proksima estis la tempo, kiam ŝi ordinare iris en la laŭbon, des pli granda iĝis ŝia maltrankvileco. Fininte ĉion, ŝi demetis la antaŭtukon, prenis el la ŝranko la korbon kun la laboraĵo kaj demandis sin lastfoje: ĉu iri, aŭ ne iri?

Rigardinte la korbon, ŝi rememoris la pruntedonitan libron.

Ĉu ŝi ne devas iri por repreni la libron? Kompreneble. kion alie farus la nova najbaro? Li devus resendi ĝin, tio estus embarasa por li.

Ŝi do iros.

La laŭbo apartenas al ŝi, ŝi havas la rajton sidadi tie, kaj la sinjoro povas veni, aŭ ne veni, — tio estas por ŝi indiferenta!

Kiel ĉarma li estas! Se ŝi ree parolus iom kun li, kial tio estus ne konvena?

La decido tiel ĝojigis ŝin. ke kurante al la pordo, ŝi kantis:

— La, la, la! la, la, la!

Sed antaŭ ol ŝi venis al la pordo, en ĝi aperis maljunulino, dikkorpa kaj peza, en nigra vesto. Ŝia vizaĝo estis rondforma kaj ankoraŭ freŝa, ŝiaj arĝentaj haroj estis kovritaj per nigra lana tuko.

Klaro ĝoje kisis ŝian manon en lana duonganto.

— Sidiĝu, kara sinjorino... — ŝi invitis.

— Mi ne havas tempon — respondis la maljunulino malfacile spiregante, dum ŝi pene tiris ion el sia poŝo. Fine aperis el ĝi du ruĝaj pomoj kaj manpleno da bombonoj.

— La pomoj por la paĉjo, la bombonoj por la infanoj, — ŝi diris, metante sur la tablon la alportitajn donacojn.

Ŝiaj grandaj bluaj okuloj ridis sub la grizaj brovoj kaj bonkora rideto ornamis ŝiajn dikajn lipojn. Klaro ree kisis ŝian manon.

— Kial vi ne volas sidiĝi?

— Mi rapidas, mi venis peti, ke vi iru kun mi. Vi estas nun libera kaj povas akompani min en la butikojn. Mi devas aĉeti novajn ŝuojn. rigardu la miajn...

Ŝi iom levis la nigran jupon kaj montris al Klaro grandan, platan piedon, en blanka ŝtrumpo kaj eluzita ŝuo.

— Sen vi mi ne aĉetos. Oni trompos min, vendos Dio scias kian sentaŭgaĵon, mi vane elspezos mian monon. Mi bezonas ankaŭ garnaĵon por miaj kufoj, ili jam estas tute ĉifitaj. Sen vi mi nenion aĉetos. Vian mantelon, rapide, kaj ni iru!

Klaro aŭskultis ŝin, mallevinte la kapon. Ŝi tre malĝojiĝis, sed tuj ŝi levis la okulojn kaj diris:

— Bone, mi iras, mi prenos nur mian mantelon kaj ĉapelon.

Post momento ili forlasis la loĝejon. Klaro ŝlosis la pordon kaj metis la ŝlosilon en la poŝon de sia vesto. La patro havis ankaŭ ŝlosilon. Kiam ili iris tra la ĝardeno, la maljunulino diris:

— Ni ŝanĝos la monon en la magazenoj kaj mi donos al vi por la lernejpago de Staĉjo. Oni jam devas pagi?

— Mi dankas vin, sinjorino — flustris Klaro.

— Sen via helpo, ĉu ni povus eduki Staĉjon en la gimnazio?...

— Ne parolu pri tio. Oni devas helpi unu la alian. Ĉu vi ornamos miajn kufojn per la nova garnaĵo, diru?

— Kun plej granda plezuro!

Ĉe la pordo de la ĉirkaŭbaro Klaro rigardis malantaŭen al la siringa laŭbo, apogita al la altaj branĉoriĉaj arboj.

— Adiaŭ! — ŝi pensis kaj subite sentis sin tre malfeliĉa.

Aĉetinte ĉion necesan por la maljuna amikino kaj bonfarantino, Klaro rapidis hejmen. En la pordo de la ĝardeno ŝi renkontis unu el la amikinoj, pri kiuj ŝi hieraŭ rakontis al Przyjemski kaj kiuj seniluziigis ŝin.

Ŝi tiam ploris iom, sed ne koleris kontraŭ la knabino, kiu ŝajnigante amikecon, priridis ŝin kun siaj konatoj, nomante ŝin lavistino, malpurulino k. t. p.

La intimeco ĉesis, sed Klaro pardonis ŝin kaj de tempo al tempo ili kunvenis unu kun la alia.

La blondulino, freŝa kaj rozkolora kiel printempo, en eleganta vesto, en belega ĉapelo, ornamita per floroj, ĉirkaŭprenis ŝin kaj kisis.

La kisoj malagrable impresis Klaron, ĉar ŝi sciis, ke ili estas falsaj, sed ŝi afable akceptis ilin.

Paŭlino ĵus venis kaj, trovinte la pordon fermita,

estis forironta.

Invitite de Klaro resti, ŝi respondis, ke ŝi ne havas tempon, ke ŝi venis nur por unu momento, ĉar post unu horo ŝi faros eksterurban ekskurson kun multenombra societo. Ili iros arbaron, kunprenos manĝaĵon en korboj, amuziĝos tre bone.

Domaĝe estas, ke Klaro ne konas la societon, eble ŝi volus partopreni la ekskurson...

— Ho ne! — interrompis ŝin Klaro, rigardante la helan kaj elegantan tualeton de sia samaĝulino, — mi ne povas forlasi la domon por tiel longe.

— Kaj la patro?

— La patro dormas post la tagmanĝo kaj mi helpas Staĉjon en liaj lernekzercoj.

Klaro tre dezirus adiaŭi la amikinon, sed ne trovas pretekston. Paŭlino rakontas, ke ŝi pasigis la hieraŭan tagon en la najbaraĵo, ĉe la intendanto de la princa palaco. Ŝia panjo estas amikino de la edzino de la intendanto.

— Mi ĉiam konsilis al vi koniĝi kun familio Perkowski, ili loĝas tiel proksime... sed vi ne volis. Estis tre gaje hieraŭ, ni eĉ dancis iom, oni nur bedaŭris, ke sinjoro Przyjemski ne venis.

Klaro eksentis kvazaŭ baton en la brusto, sed ŝi tuj ekregis sian kortuŝiĝon. Paŭlino daŭrigis la babiladon:

— Princo Oskaro venis antaŭ kelkaj tagoj kun sia

sekretario, Julio Przyjemski, granda favorato de la princo. Ĉe Perkowski sinjoro Przyjemski estis kelkaj fojoj pro negocaj aferoj. komprenebla li ja devis paroli kun la intendanto de la palaco. La geedzoj Perkowski invitis lin al la hieraŭa vespero kaj, ni diru la veron, ili eĉ aranĝis la vesperkunvenon por honori la sekretarion de la princo. Kaj li ne venis! Domaĝo estas, ĉar mi tre deziris vidi sinjoron Przyjemski! Oni diras, ke li estas juna nigraharulo, beleta kaj tre gaja...

— Nigraharulo! — ripetis Klaro.

Sed Paŭlino devis rapidi kaj rakontinte ĉion plej gravan, adiaŭis Klaron per ĉirkaŭprenoj kaj kisoj.

— Vere, domaĝe estas, ke vi ĉiam restas hejme... Ĝis revido, ĝis revido! Mi devas tagmanĝi antaŭ la ekskurso!

Klaro, enirante hejmon, ripetis: „Nigraharulo?" — kaj ridis: Li tute ne estas nigrahara, sed malhele blonda. Gaja? Tute ne. kontraŭe, iom melankolia. Paŭlino, kiel ĉiam, babilas pri ĉio, eĉ se ŝi nenion scias. Iu diris al ŝi: gaja nigraharulo, kaj ŝi ripetas tion al ĉiuj...

Sendube gesinjoroj Perkowski invitis lin al la ekskurso, same kiel hieraŭ al la vesperkunveno, kaj li akompanos ilin. Kiu rifuzus?... Kiel gaje estos ekster la urbo, en arbaro! Mi dezirus esti kun ili.

Varmega estis, certe, la deziro, ĉar ŝi apogis

ambaŭ kubutojn sur la malnova komodo kaj premis la manplatojn al la okuloj, plenaj de larmoj. Du minutoj pasis tiamaniere. Ekvidinte la patron, revenanta el la urbo, Klaro viŝis la okulojn kaj kuris renkonte al li.

Pasis la tago, finiĝis la vespero. En la dometo, kovrita de fazeoloj, la malgrandaj fenestroj estingiĝis. lumo brilis nur en la ĉambreto de Klaro.

Ŝi kudris ankoraŭ, sed post la deka horo ŝi lasis la laboraĵon sur la tablo, intencante baldaŭ reveni, kaj elkuris sur la balkoneton.

Allogis ŝin el la ĉambro la mallaŭtaj murmuretoj de la fazeolaj folioj, balancataj de la vento, kaj la steloj, kiuj briletis antaŭ ŝiaj fenestroj.

La balkono havis du ŝtupojn, truplenajn kaj ŝanceliĝantajn. Klaro eksidis sur unu el ili, apogis la mentonon sur la manplato kaj rigardadis la belan, kvietan vesperon. Regis plena silento. Neniu veturis en tiel malfrua horo sur la strato izola, preskaŭ eksterurba. De la centro de la urbo flugis malklara bruo, mutigata de la interspaco kaj unutona. La arboj grandeguloj en la princa parko jen skuiĝis, jen silentis senmovaj kaj staris, kvazaŭ nigra muro. La aŭgusta ĉielo estis plena de steloj, — la nokta mallumo similis vesperan krepuskon, kaj oni povis distingi la konturojn eĉ de malproksimaj objektoj.

Klaro ekvidis la amatan laŭbon, la interrompon en

la granda aleo de la parko kaj tra la interrompo, en la fundo de la perspektivo la murojn de la palaco same mallumajn, kiel la apudaj arboj. Sed sur la nigra fono brilis vico da lumoj, kiuj en la komenco ŝajnis al Klaro steloj, briletantaj malantaŭ la arboj, sed tuj ŝi rimarkis, ke tio estis lumigitaj fenestroj.

De kiam Klaro loĝis en la najbaraĵo de la palaco, lumo aperis la unuan fojon en la fenestroj. Tio estis tute natura, ĉar nun la posedanto estis tie.

Ĉu la princo estas tie sola malantaŭ la lumigitaj fenestroj, aŭ eble la sekretario estas kun li? Sendube li ofte, eble ĉiam akompanas la princon. Eble sinjoro Przyjemski ne revenis ankoraŭ de la ekskurso, kiun aranĝis gesinjoroj Perkowski. Eble la societo estas ankoraŭ en la arbaro. Ili ja ne bezonas rapidi. Belega estas la vetero kaj ĉiuj kredeble estas gajaj. Ili promenas en la arbaro, en kiu nun la filikoj estas tiel grandaj kaj la eriko floras...

Jam antaŭ kelkaj minutoj Klaro apogis la kubutojn sur la genuoj kaj kaŝis la vizaĝon en la manplatoj. Sidante tiamaniere, ŝi revis pri la apudurba arbaro, en kiu ŝi estis kelkfoje. Nun ŝi vidis ĝin tre klare kun ĉiuj detaloj: la verdan densejon, en kiu serpentas vojeto, ĉe ambaŭ flankoj maldikaj betuloj kun arĝenta ŝelo, lilikolora eriko, griza musko, folioriĉaj filikoj... Du personoj iras sur la vojeto: sinjoro Przyjemski kaj Paŭlinjo... Ili pasas flanko ĉe flanko kaj senĉese parolas unu kun la alia... Li rigardas ŝin per siaj bluaj okuloj sub la stranga sulko sur la frunto kaj diras: „Oni devas nenion aldoni al vi... nenion depreni."

Ĉion tion, la arbaron kaj la paron, iranta en la arbaro, ŝi vidis sub la mallevitaj palpebroj klare, kvazaŭ en hela tago, sed nokto fariĝis en ŝia koro.

Subite ŝi ekaŭdis veluran voĉon, kiu tuj super ŝi skandis la silabojn:

— Bonan vesperon, fraŭlino!

Ne eble estas diri, kio en tiu momento estis pli forta en ŝi: la miro aŭ la ĝojo. Ĉion ŝi povis atendi, sed ne ekaŭdi ĉi tiun voĉon kaj ekvidi la homon, kiu staris nun antaŭ ŝi, la ĉapelo en la mallevita mano. Malgraŭ la krepusko ŝi rimarkis sur lia vizaĝo amikan kaj iom ŝerceman rideton.

— Mi promenis en la ĝardeno, mi ekvidis vin sur la balkono kaj mi ne povis kontraŭbatali la tenton diri al vi: „Bonan vesperon" Bela vespero, ĉu ne vere? Precipe nun ĝi fariĝas tre bela. Pri kio vi tiel meditas?

En la komenco ŝi ne aŭdis, kion li diris, tiel forte batis ŝia koro. Post momento ŝi ankoraŭ ne sufiĉe rekonsciiĝis por respondi lian demandon.

Starante sur la ŝtupo de la balkono, ŝi montris al li per gesto la mallargan benkon.

— Sidiĝu, sinjoro, mi petas vin.

— Ĉu ne pli bone estos ĉi tie... sub la steloj.

Per la mano kun la ĉapelo li montris la ĉielon kaj

eksidis sur la ŝtupo de la balkono, kiu ekŝanceliĝis sub lia pezo. Klaro ankaŭ sidiĝis iom pli malproksime. Baldaŭ ŝi retrovis sian maltimon kaj ĉeeston de spirito. La sento, kiu nun ekregis ŝin, estis grandega ĝojo, kiu sonis en ŝia voĉo, kiam ŝi demandis:

— Kiamaniere vi eniris en nian ĝardenon.

— Tra la pordeto de la ĉirkaŭbaro — tute ordinara vojo.

— Mi neniam vidis ĝin malfermita: kaj mi tute forgesis pri ĝia ekzistado.

— La pordhokoj kaj la seruro estis rustiĝintaj kaj funkciis malbone, sed mi venkis la malfacilon... pri kio vi pensis?

Ŝia ordinara malkaŝemo kaj ŝia pli kaj pli granda ĝojo diktis al ŝi jenan respondon, kiun ŝi gaje diris:

— Mi demandis min, ĉu via societo jam revenis de la ekskurso aŭ estas revenanta...

Kun miro li levis la kapon.

— Kiu societo?.

— Gesinjoroj Perkowski kaj vi. Mia amikino rakontis al mi, ke ili invitis vin al bela eksterurba ekskurso... Sed kial vi ne ĉeestis ilian hieraŭan vesperkunvenon? Oni malpacience atendis vin.

Przyjemski longe nenion respondis, kaj kiam li komencis paroli, rido iom eksonis en lia voĉo.

— Mi estis nek en la vesperkunveno, nek en la

ekskurso. Sed se vi permesos, ni parolos pri io alia kaj pli interesa, ol... gesinjoroj Perkowski. Mi tre dankas vin por la libro, kiun vi pruntis al mi, sed mi ankoraŭ ne redonas ĝin. Mi legos ĝin ankoraŭ kelke da tagoj. Belega poemo! Mi konis ĝin, sed nur supraĵe. Dank' al vi mi pli intime konatiĝos kun ĝi. Kaj nun, diru al mi, kiel vi pasigis la hodiaŭan tagon kaj ĉu ĝi ne ŝajnis al vi longa. Kion vi faris hodiaŭ?

— Kion mi faras ĉiutage. por kio rakonti pri tio!

— Tute kontraŭe. rakontu, mi tre, tre petas vin...

Ŝi gaje ekridis.

— Tre volonte, tre volonte mi ĝin rakontos. Mi reordigis la loĝejon, kuiris la tagmanĝon, lavis mian antaŭtukon, vizitis butikojn kun amikino... Kion ankoraŭ? Mi helpis mian fraton en la lernado, verŝis teon, kudris...

Ŝi parolis senĝene, eĉ kun plezuro. Li demandis:

— Vi do nenion legis hodiaŭ?

— Mi legis iom, kiam la patro dormis ankoraŭ, kaj Staĉjo jam ellernis la lecionojn. Franjo okupiĝis pri la temaŝino, kaj mi iom legis. Mi ricevas librojn de sinjorino, kiu estis mia instruistino en la edukejo.

— Vi estis en edukejo?

Klaro rakontis, ke ŝia patrino, kiu estis instruistino, mem instruis ŝin ĝis la dekdujara aĝo.

Poste ŝi sendis ŝin en edukejon, kie ŝi ne povis

fini la kursojn, ĉar post la morto de sia patrino ŝi devis resti hejme pro la patro kaj la infanoj, ankoraŭ tute junaj tiam. Ŝi forlasis la edukejon tre ĉagrenita, sed nun ŝi tute, tute ne bedaŭras tion, ĉar ŝi konvinkiĝis, ke ŝi estas nepre necesa hejme, ke oni ne povas lasi la patron kaj la infanojn sen protektado.

— Tiel serioza! — ekridetis Przyjemski.

— Serioza! — ŝi ridis. — tute ne! Mi scias mem, kio mankas al mi... sed mi faras, kion mi povas...

— Por esti anĝelo gardanto — finis li duonvoĉe.

Ĉi tiuj dolĉaj vortoj atingis ŝian koron. ŝi mallevis la kapon kaj eksilentis.

Sed lin la rekomenco de la interrompita interparolado tute ne embarasis. Iom kliniĝinte al ŝi, li demandis:

— Kiu estas la maljunulino, kun kiu vi hodiaŭ eliris?

— Kiel vi scias tion?

— Mi vidis vin de la aleo, kie mi sidis, tenante la libron en la mano kaj pensante pri vi.

La eta maljunulino estis sinjorino Dutkiewicz, vidvino de veterinaro kaj baptopatrino de la patrino de Klaro, ŝi estas tre estiminda persono, tre bona kaj komplezema, ilia vera amikino kaj bonfarantino, multfoje ŝi helpis ilin dum malfacilaj tempoj kaj nun ŝi pagas por la edukado de Staĉjo.

— Ŝi do estas riĉa persono? — demandis

Przyjemski.

— Jes, riĉa! — fervore jesis Klaro. — ŝi loĝas sola en tri ĉambroj, havas servantinon...

— Luksa vivo — rimarkis li, kaj ŝi daŭrigis:

— Ŝia edzo havis grandajn enspezojn kaj lasis al ŝi grandan havon. Ŝi mem rakontis al mia patro, ke ŝi posedas kapitalon da dek kvin mil rubloj...

— Granda riĉaĵo, — jesis Przyjemski.

— Tre granda, — diris Klaro, — sed ŝi bone uzas ĝin. Ŝi helpas nin, ŝi helpas multajn aliajn personojn...

— Kial ne?

— Jes. kaj tio estas granda feliĉo por ŝi; alie, sola, sen infanoj, ŝi havus nenian celon en la vivo.

Li interrompis Klaron:

— Sed ĉar ŝi posedas dek kvin milojn, grandan riĉaĵon, ŝi povas imiti Sanktan Virgulinon Parizan!

Li apogis la kubuton sur la supra ŝtupo, klinis la kapon kaj profunde ekmeditis. Klaro rimarkis kaj komprenis liajn sentojn. Ŝi eksilentis, ne kuraĝante plu paroli. Tio daŭris du, tri minutojn. Przyjemski rektiĝis kaj kun levita kapo rigardis la stelojn. En ilia lumo Klaro ekvidis, ke lia sulko inter la brovoj estis tre profunda. Post momento li diris mallaŭte:

— La steloj falas.

Klaro, ankaŭ mallaŭtigante senvole la voĉon, respondis:

— En aŭgusto ĉiam falas multe da steloj.

Kaj post momento ŝi aldonis:

— Oni diras, ke kiam stelo falas, oni devas antaŭ ĝia estingiĝo esprimi deziron kaj ĉi tiu deziro plenumiĝos... Jen sinjoro, ankoraŭ unu falis!... Kaj tie! Kaj tie! Ili falas, kvazaŭ pluvo.

Rigardante la ĉielon, de kiu tie ĉi kaj tie falis oraj fajreroj kaj tuj estingiĝis en la subĉiela krepusko, li diris malrapide:

— Esprimu do deziron... la steloj falas amase kaj vi sukcesos eldiri ĝin, antaŭ ol ĉiuj estingiĝos.

Klaro silentis; li turnis la kapon al ŝi. Ili sidis nun tiel proksime unu de la alia, ke ŝi vidis klare la brilon de liaj okuloj.

— Pri kio vi petus la falantan stelon?

Penante paroli libere, ŝi respondis:

— Mi estas terura egoistino. Se mi kredus, ke la falantaj steloj plenumas la homajn dezirojn, mi petus senĉese: resaniĝu la patro, lernu diligente la infanoj kaj estu bonaj!...

— Kaj por vi? — li demandis.

Granda estis la miro de Klaro.

— Por mi? Mia peto esprimus ja ĝuste mian varmegan deziron... mi do petus tiamaniere por mi mem.

— Abomena egoismo! — li diris.

— sed ĉu efektive vi ne dezirus, ke la ora steleto

sendu al vi iam... ian feliĉon grandan, senliman, kiu aliformigas la koron en flaman stelon, vivantan alte, alte super la tero?

Ŝi sentis, ke ŝia koro jam fariĝas flama stelo, kaj ĝuste tial ŝi respondis ŝerce:

— Se mi devus nepre peti pri io por mi mem, mi komunikus al la steloj mian deziron fari ekskurson kaj pasigi tutan duontagon en la arbaro. Mi adoras la arbaron.

Poste ŝi aldonis:

— Kaj pri kio vi petus la falantan stelon?

— Mi?

Li komencis paroli meditplena:

— Mi petus la oran stelon pri la kredo, ke ekzistas sur la tero koroj bonaj, puraj kaj fidelaj; mi petus la stelon, ke tia koro apartenu al mi...

Post mallonga silento li daŭrigis:

— Mi dirus: Hela stelo, helpu min forgesi la mallumajn sonĝojn, kiuj tiel ofte turmentis min...

Ŝi aŭskultis la voĉon, ŝi ensorbis la vortojn, plenajn de maldolĉa melankolio. Ĉarma estis la voĉo, malĝojaj la vortoj, nekompreneblaj sed timigaj...

Li ekstaris kaj diris, ŝanĝante la tonon:

— Ni promenu iom en la ĝardeno, mi petas vin.

Obeeme ŝi sekvis lin al la siringa laŭbo sur la

herbo malseka de roso, inter du vicoj de ribaj arbustoj.

— Vi petus la falantan stelon pri sano por via patro... Ĉu li ne estas tute sana?

— Jes! jam delonge...

— Kiun malsanon li suferas?

— Brustan...

— Tio estas tre malĝoja; ĉu li kuracigas sin?...

— Antaŭ kelkaj jaroj li tion faris, sed nun li neniam venigas kuraciston. La kuracado kostas multe kaj malmulte efikas, kredeble pro lia malfacila kaj laciga ofica laboro. La plej grava afero estas konformiĝi al la higienaj postuloj: frue kuŝiĝi por la dormo, trinki lakton, manĝi multe da fruktoj.

Przyjemski diris:

— La lasta postulo estas facile plenumebla. Loĝante en sufiĉe granda ĝardeno apud alia ankoraŭ pli granda... En la princa ĝardeno estas bonegaj fruktoj...

Klaro ekridetis en la krepusko. Stranga homo! Ŝia patro bezonas fruktojn; la ĝardeno de la princo posedas multe da ili... sed kia estas la rilato de ĉi tiuj du faktoj?

Li silente rigardis ŝin, kvazaŭ atendante ion. Poste li komencis paroli per indiferenta tono:

— Hodiaŭ mi vizitis kun la princo la persikejon, ananasejon, varmigejon, kiuj estas plenaj de bonaj fruktoj, kaj la princo diris al mi, ke mi sendu la superfluon al gesinjoroj Perkowski kaj al ĉiuj miaj konatoj en la urbo...

Ree li ĉesis paroli kaj rigardis ŝin.

Ŝi diris:

— La princo estas tre afabla homo.

Kaj tuj ŝi montris la palacon.

— Kiel bela estas nun la palaco kun la lumigitaj fenestroj! Hodiaŭ vespere, kiam mi turnis la unuan fojon la okulojn al la palaco, la fenestroj ŝajnis al mi steloj, brilantaj tra la foliaĵo.

Ili staris ĉe la krado, apud la laŭbo. En la kvieta aero delikate murmuris la arboj, kaj poste, kvazaŭ respondante la akordon de la naturo, muziko eksonis de la palaco, de la lumigitaj fenestroj. Iu ekludis kelke da akordoj sur la fortepiano kaj tuj interrompis.

— Ĉu iu ludas en la palaco? — flustris Klaro.

Przyjemski respondis:

— La princo. Li tre amas muzikon kaj ni ofte ludas kune.

— Ĉu vi ankaŭ ludas?

— Violonĉelon; li akompanas fortepiane kaj reciproke. Ĉu vi amas la muzikon?

En la palaco ree eksonis la akordoj kaj ĉi foje daŭris pli longe, kuniĝante kun la murmuro de la arboj. Baldaŭ ĉesis la muziko de la naturo, sed la fortepiano daŭrigis la kanton.

— Mi ne povas aŭskulti muzikon sen kortuŝiĝo, — diris Klaro.

— Ĉu vi ofte aŭskultis ĝin?

— Post la morto de mia patrino, kiu ofte ludis vespere por la patro, mi aŭdis la muzikon ĉe konatoj du, tri fojojn...

Przyjemski ekkriis kun miro:

— Ĉu tio estas ebla? Aŭdi muzikon du aŭ tri fojojn dum kvar jaroj! Kiel vi povas vivi sen muziko?...

Ŝi respondis kun rideto:

— Ĝi ne estas grava afero, ĝi estas nur plezuro...

— Kompreneble, — li jesis — negrava estas la afero vivi sen plezuroj... precipe en via aĝo...

— Vi estas prava, — ŝi konsentis — jam de longe mi ĉesis esti infano.

Li rigardis supren.

— Ĉu la steloj falas ankoraŭ?

Ŝi respondis, turninte la okulojn al la ĉielo:

— Oh jes! Ili falas ankoraŭ! Jen unu, super la granda arbo... jen nun alia, ĝuste super la palaco. Ĉu vi vidis ĝin?

— Mi vidis... Nun diru: mi deziras aŭdi belan muzikon.

Ŝi komencis ridi, sed li insistis.

— Diru, mi petas vin: „Ora stelo, faru, ke via tera fratino aŭdu hodiaŭ belan muzikon!" Ripetu tion, se plaĉas al vi...

Nekapabla kontraŭbatali lian volon, kun rideto sur la tremantaj lipoj ŝi komencis ripeti:

— Ora stelo, faru, ke via fratino...

Sed ŝi haltis, ĉar en la aero ekflugis muziko. Tio ne estis plu apartaj akordoj, sed harmoniaj, seninterrompaj tonoj. Admiro aperis sur ŝia vizaĝo, turnita al la steloj. Rideto malfermetis ŝian buŝon, ora brilo plenigis ŝiajn okulojn, malgraŭ la krepusko. Ŝi staris kvazaŭ najlita al la tero, aŭdante ekstaze la muzikon. Lia parolado fariĝis flustro:

— Vi vidas, kiel rapide la steloj plenumas la dezirojn de siaj teraj fratinoj! Sed rilate al vi mia komparo ne estis bona. Oni ekstreme trouzis ĉi tiun komparon, kiu nun rememorigas ion tute alian... Jen nova penso!... Ĉu vi scias, kiu estis Heine?

— Germana poeto, — ŝi flustris.

— Jes; mi rememoris nun versaĵon de Heine, per kiu mi adiaŭos vin...

Li mallevis la kapon, kvazaŭ por ĝuste rememori la versaĵon. La muziko fariĝis pli kaj pli melodia kaj klara; la arboj mallaŭte ekmurmuris. Kun la muziko de la fortepiano kaj naturo kuniĝis velura, karesema voĉo:

Vi estas kiel la flor'
Tiel bela kaj pura kaj ĉarma!...
Mi rigardas vin... kaj mia kor'
Konsumiĝas per tremo malvarma...
Al ĉielo etendus mi for
Miajn manojn... petegus mi larma,
Ke Di' lasu vin por sia glor'
Tiel bela kaj pura kaj ĉarma!...
[Traduko de Leo Belmont]

Elparolante la lastajn vortojn, li prenis ŝian manon, kliniĝis kaj delikate kisis ĝin, apenaŭ tuŝetante per la lipoj. Post momento li diris:

— Atendu iom. Mi tuj ludos por vi kun mia amiko...

Li metis la ĉapelon kaj rapide foriris.

Tra la pordeto de la krado li eniris en la ombroplenan ĝardenon kaj malaperis inter la arboj. Ĉirkaŭ Klaro dum kelkaj minutoj regis plena silento, ĝis ree eksonis la muziko, ĉifoje de du instrumentoj. Malantaŭ la lumigitaj fenestroj de la palaco fortepiano kaj violonĉelo ludis harmonie grandan verkon, kies tonoj plenigis la ombrojn de la parko, miksiĝis kun la mallaŭta murmuro de la arboj, kaj ĉirkaŭis per ebriiganta ĉarmo la knabinon, apogita al la krado kaj kaŝanta la vizaĝon en la manoj.

第二章

在中午之前很长一段时间，坐在公园的长凳上，手里拿着一本书的朱利奥·普日耶姆斯基经常看着那座房子，它矗立在邻近花园中央的豆绿色草地上。矮栅栏和树枝的分叉使得周围的一切都清晰可见。

他首先看到一个高大而瘦弱的男人，头发逐渐变灰，穿着破旧的外套，头戴带有小星标的帽子，手臂下夹着一个小纸包，走向阳台。克拉拉跟在他后面，双手搭在他的肩上，与他交谈，靠近他的额头亲吻他，然后回到屋内。那个瘦弱而灰发的男人慢慢地走向围栏的门口。他还没走过半条路时，从房子里传来了大声的呼喊：

— 爸爸，爸爸！

一个穿着短裙，头上戴着蓝色头巾的小女孩抓住他的胳膊，他们一起走出了花园。普日耶姆斯基笑了。

— 爸爸去办公室，小姐去缝纫房...

本尼迪克特真聪明！...

昨天我告诉他："知道！"
— 今天早上他已经知道了一切。
每月三十卢布... 这真是可怜。
当然。爱情诗人们的幻想只存在于饥饿的人心中。她吃着黑面包... 还背着篮子里的诗篇。
他看着手中拿着的书。这不是《罗切福科》，而是昨天从克拉拉那里借来的旧书，用破旧的装订。这里又是几行用铅笔标记的诗句。我们来读一下：
几朵稀少的云在辽阔的天空，
顶上是蔚蓝高远，西边是玫瑰色...
他沉思地抬起眼睛。
— 许多，许多年前我读过这个，
那时我还是个孩子。
美丽的诗！特别是在这里，在这些树下，它是非常适合阅读的...

我今天不会把书还给她，我会一口气读完从头到尾...
很想知道，此刻她在这瓦绿色的豆荚背后做什么？
他立刻就发现了。克拉拉出现在阳台上，双手伸展着拿着沉重的东西。普日耶姆斯基向前倾身，以便更好地看清楚，发现这位年轻女孩，手袖被折叠到肘部，拿着一只桶里面装满了脏水，她将其倒在房子远处，在果园的苹果树和河边的小树后面。当她拿着空桶返回时，他注意到她的衣服上盖着一块围裙。

— 毫无疑问，她在洗衣服，

她确实拿着那个桶。她，如此娇嫩和聪明...

她昨天说的关于圣母玛利亚的话语...

非常美丽... 非常美丽！

他阅读着，沉思着，离开了，又回来了，离开了几个小时，下午后又回到了花园，几乎是在同一时间，他昨天遇到克拉拉的时候。

他坐在长椅上，手里拿着同样的那本装订破旧的书，时不时抬起眼睛，望着旁边的花园。最终，他迅速向前倾身，以便更好地透过树枝看清楚。

两个人走到了阳台上。一个是穿着黑色衣服的老妇人，头发全是灰白色，头上戴着黑色头巾；另一个是克拉拉，穿着一身像是去城里的服装，黑色外套和一顶用丝带装饰的草帽。她们从阳台下来，快速穿过花园，消失在周围的篱笆后面。

— 够了！— 普日耶姆斯基笑着说，

— 她走了，不会再来这里了。

我吓跑了那只小鸟。

可惜，因为她是迷人的！...

他紧张地合上书，走向宫殿；他额头上的皱纹加深了。

克拉拉从清晨开始就在思考：是去还是不去？为父亲和孩子们准备早餐、整理住所、烹饪午餐、洗她的围裙，她不停地问自己：是去还是不去走那条通往樱花树下的小路，在那里普日耶姆斯基先生会立刻出现在篱笆旁。她无法像平常一样工作，因为她时刻都在想着昨天的那次相遇。

奇怪的事情！遇见一个陌生人，和他长时间交谈，甚至借给他一本书！我从未听说过有人读得这么好。他是多么迷人啊！他额头上的皱纹很奇怪，那么深，而在下面的眼睛如此蓝，如此蓝，有时温和而笑着，有时悲伤！他是多么迷人啊！有一次他那样地看着我，我几乎要逃走...我觉得他冒犯了我，但后来他开始讲述关于王子的如此有趣的事情...他是多么迷人啊。他说："对你什么都不需要增添，什么都不需要削减！"他是多么迷人啊。

火炉的火焰覆盖了她的脸颊，让她的脸变得通红；她经常站在打开的窗前，让风轻抚她的脸颊。随着她正常走向小路的时间越来越近，她的不安越来越大。完成了所有事情，她解下围裙，从橱柜里取出装满工作物件的篮子，最后一次问自己：是去还是不去？

看着篮子，她想起借出的书。

她难道不应该去取回那本书吗？当然应该；新邻居会做什么别的呢？他应该把它还回来，否则对他来说会很尴尬。

于是，她就走了过去。

门廊是她的，她有权坐在那里，那位先生可以来，也可以不来，这对她无关紧要！

他是多么迷人啊！如果她再和他聊一会儿，那有什么不合适的呢？

这个决定让她感到如此快乐；她跑向门口，唱着：

— 拉，拉，拉！拉，拉，拉！

但在她走到门口之前，一个老妇人出现在门口，身材丰满而沉重，身穿黑色衣服。她的脸圆圆的而依然充满活力，银色的头发被黑色羊毛围巾遮盖着。

克拉拉高兴地亲吻了她的手。

— 请坐，亲爱的夫人... —她邀请道。

— 我没时间

— 老妇人吃力地呼吸着回答道，
同时费力地从口袋里拽出一些东西。最后，从
中出现了两个红苹果和一把糖果。

— 苹果给爸爸，糖果给孩子们，

— 她说着，将带来的礼物放在桌子上。
她那双大大的蓝色眼睛在灰色眉毛下笑了起来
，一抹善意的微笑点缀着她丰厚的嘴唇。克拉
拉再次亲吻了她的手。

— 为什么你不坐下呢？

— 我赶时间，我来请求你和我一起去。
你现在有空，可以陪我去商店。我需要买新鞋
子；看看我的...

她稍微提起黑色裙摆，向克拉拉展示了一个又
大又宽的脚，穿着白袜和磨损的鞋子。

— 没有你我不会买。他们会欺骗我，
卖给我天知道什么次品，
我会白白花费我的钱。我还需要一些东西给我
的鸽子，它们已经完全脱毛了。没有你我什么
都不会买。你的披风，快点，让我们走吧！
克拉拉倾听着她，低下了头。她感到非常沮丧
，但立刻抬起头来说：

— 好的，我去，我只拿我的披风和帽子。

过了一会儿，他们离开了住处。克拉拉锁上了门，把钥匙放进了她的衣服口袋里。父亲也有一把钥匙。当他们穿过花园时，老妇人说道：

— 我们会在商店里换钱，我会给你斯塔奇奥的学费。是时候付款了吗？

— 谢谢您，女士，

— 卡拉低声说。

— 没有您的帮助，我们怎么能够让斯塔奇奥在中学接受教育呢？…

— 别提了。我们必须相互帮助。你会用新的东西给我的鸽子打扮吗，说吧？

— 非常乐意！

在周围酒吧的门口，克拉拉回头看向那座倚靠着高大树干的白色凉亭。

— 再见！— 她想，突然感到非常不快。

为了老朋友和善良的表姐买了一切必需品，克拉拉匆忙回家。在花园的门口，她遇到了她昨天向普日耶姆斯基提起并让她感到失望的朋友之一。

她曾哭泣过，但没有对那个女孩生气，尽管她假装友好，和她的朋友一起讥笑她，称她为洗衣妇、不干净的女人等等。

亲密关系结束了，但克拉拉原谅了她，而且她们偶尔会见面。

那位金发女郎，像春天一样新鲜和玫瑰色，身穿优雅的服装，戴着漂亮的帽子，上面装饰着鲜花，搂着她并亲吻了她。

那些吻让克拉拉感到不舒服，因为她知道它们是虚假的，但她友善地接受了它们。

波利娜是刚刚来的，发现门是尖着的，她正打算离开。

在克拉拉的邀请下留下来，她回答说她没时间，她只是来了一会儿，因为一个小时后她将和一大群人一起外出郊游。他们将前往森林，带着食物在篮子里，会玩得很开心。

可惜克拉拉不认识那个团体，也许她想参加这次郊游…

— 哦不！

— 克拉拉打断她，

看着她的同龄人的光亮和优雅的礼服，

— 我不能离开家这么久。

— 那你爸爸呢？

— 爸爸在午餐后睡觉，

我在他的书房里帮助斯塔奇约练习。

克拉拉非常希望能和朋友告别，但找不到借口。波利娜说她昨天在附近度过了一天，在王宫总管的家。她的妈妈是总管夫人的朋友。

— 我总是建议你去认识佩尔科夫斯基一家，他们住得那么近...但你不愿意。昨天很开心，我们甚至跳了一会舞，只是遗憾普日耶姆斯基先生没来。

克拉拉感到仿佛被一根棍子击中了胸口，但她立刻控制住了自己的感伤。波利娜继续说：

— 几天前，奥斯卡王子和他的秘书朱利奥·普日耶姆斯基来了，他是王子的大爱将。在佩尔科夫斯基家，普日耶姆斯基先生几次因商务事务来访；当然，他必须和王宫总管谈话。佩尔科夫斯基夫妇邀请他参加昨天的晚会，说实话，他们甚至安排了晚会来表彰王子的秘书。但他没来！可惜了，因为我很想见到普日耶姆斯基先生！有人说他是个年轻的黑发男子，很帅且非常快乐...

— 黑发男子！— 克拉拉重复道。

但是波利娜不得不匆匆告别克拉拉，告诉了她最重要的事情，然后用拥抱吻别了她。

— 真是可惜，你总是呆在家里...再见，再见！我必须在出行前吃午饭！

克拉拉走进家门，重复着："黑发男子？"

— 然后笑了：他根本不是黑发，而是浅金发。

快乐？一点也不；相反，有点忧郁。波利娜，像往常一样，无所不谈，即使她什么都不知道。有人告诉她有个快乐的黑发男子，她就对所有人重复这句话...

毫无疑问，佩尔科夫斯基夫妇邀请了他参加出行，就像昨天邀请他参加晚会一样，他会和他们一起去的。谁会拒绝呢？...在城外的森林里一定会很愉快！我真希望能和他们在一起。

她的渴望是如此强烈，因为她双手撑在旧的梳妆台上，眼睛紧闭，满是泪水。这样过了两分钟。看到从城里回来的父亲，克拉拉擦干眼睛，跑向他。

一天过去了，夜晚结束了。在被藤豆覆盖的小屋里，小窗户关上了；灯光只在克拉拉的房间里闪烁。

她还在继续缝纫，但在十点过后，她把工作留在桌子上，打算很快回来，然后冲到阳台上。

她被房间里藤豆叶子被风摇动时发出的轻轻的响声吸引，以及在她窗前闪烁的星星。

阳台有两级台阶，厚实且摇摆不定。克拉拉坐在其中一级上，下巴搁在手掌上，凝视美丽而宁静的傍晚。四周一片寂静。在这样一个几乎是与郊外的隔离街道上，没有车辆在这样晚的时候行驶。从城市中心传来的模糊噪音，在树丛中变弱。皇家公园中那些高大的树木时而摇动，时而静止不动，如同黑色的墙壁。威严的天空布满了星星，夜色仿佛傍晚的暮光，即使远处的物体轮廓也能辨认出来。

克拉拉看到了心爱的大道，在公园的大道中断处以及透过中断处，在透视的尽头，宫殿的墙壁同样黑暗，如附近的树木一样。但在黑色背景上闪烁着一排灯光，起初看起来对克拉拉来说像是星星，在树木后辉煌闪耀，但她很快注意到，那是被点亮的窗户。

自从克拉拉住在宫殿附近，这些窗户第一次出现了光亮。这是很自然的，因为现在主人在那里。

王子是独自在照明的窗户后面，还是秘书和他在一起？毫无疑问，他经常，也许总是陪伴王子。也许普日捷姆斯基先生还没有从佩尔科夫斯基先生们组织的郊游中回来。也许社交团体还在森林里。他们并不需要匆忙。天气很好，大家可能都很开心。他们在森林里散步，那里现在蕨类植物茂盛，石竹开花……

克拉拉几分钟前已将手肘支在膝盖上，将脸埋在掌心中。这样坐着，她回想起了她曾几次去过的附近的森林。现在她非常清楚地看见了它的所有细节：绿色的浓密树林，其中蜿蜒着小径，在两侧有着薄皮银白的白桦树，紫色的石竹，灰色的苔藓，叶片繁茂的蕨类植物……两个人走在小径上：普日捷姆斯基先生和保林约……

他们肩并肩走着，不停地彼此交谈……他用着蓝色眼睛看着她，在额头的奇怪皱纹下说："对你无需增添或减少任何东西。"

她在森林中看到了一切，树木和草丛，仿佛在白昼一样清晰，但夜晚却在她的心中降临。

突然，她听到了一声柔和的声音，立刻在她头顶上响起：

"晚上好，小姐！"

很难说在那一刻她心中更强烈的感受是惊讶还是喜悦。她料想到一切，却没有预料到会听到这个声音并看到站在她面前的人，他手中拿着帽子。尽管在黄昏中，她注意到了他脸上友善且略带戏谑的微笑。

"我在花园里散步时，看到你在阳台上，我忍不住想对你说：'晚上好'。美好的夜晚，不是吗？特别是现在，变得非常美丽。你在思考什么呢？"

一开始她没有听清他说了什么，她的心跳得如此厉害。片刻之后，她还没有完全清醒过来以回答他的问题。

站在阳台的台阶上，她用手势指向一张窄长的长椅。

"请坐，先生，请坐。"

"难道在这里不更好吗……在星空下。"

他用带着帽子的手指向天空，然后坐在阳台的台阶上，阳台在他的重量下开始摇晃。克拉拉也坐在稍远一点的地方。很快，她重新找回了自己的自信和精神。此刻在她心中占据主导地位的感觉是巨大的喜悦，当她问道时，声音中带着欢乐：

"你是怎么进入我们的花园的呢？"

"经过围墙的小门—这是一个很普通的道路。"

"我从来没见过它开着：我完全忘记了它的存在。"

"门闩和锁都生锈了，不好用，但我克服了困难……你在想什么呢？"

她平常的坦率和越来越大的喜悦告诉她以下答案，她高兴地说道：

"我在想，你们的团体已经从郊游回来了，还是正在回来的路上……"

他惊讶地抬起头。

"哪个团体？"

"佩尔科夫斯基先生和您。我的朋友告诉我，他们邀请您参加了一次美丽的市外郊游……但是为什么您没有出席他们昨天的晚会？人们焦急地等着您。"

普日耶姆斯基长时间没有回答，当他开始说话时，声音中带着一丝笑意。

"我既没有参加昨天的晚会，也没有参加郊游。但如果您允许的话，我们可以谈谈其他更有趣的事情，而不是……佩尔科夫斯基先生。非常感谢您借给我的那本书，但我还没有归还。我还会再读几天。一首美妙的诗！我以前就知道它，但只是皮毛。多亏您，我会更深入地了解它。现在，请告诉我，您今天是如何度过的，这一天是否显得很漫长。您今天做了什么？"

"我做的事情每天都一样；没有什么好说的！"

"完全相反；请讲，我非常非常请求您……"

她开心地笑了起来。

"非常乐意，非常乐意我会告诉您。我重新整理了房间，做了午餐，洗了我的围裙，和朋友逛了商店……还做了什么？我帮助我弟弟学习，泡茶，缝补……"

她毫不拘谨地讲述，甚至带着愉悦。他问道：
"那你今天没有读书吗？"
"我在父亲还在睡觉的时候读了一点，而Staĉjo
已经学完了功课。Franjo忙着做主题机，我也读
了一点。我收到了一些书，是从一位曾经是我
的小学老师的女士那里寄来的。"
"你上过小学吗？"
克拉拉讲述说，她的母亲是一位老师，亲自教
导她直到十二岁。然后她被送到学校，但由于
母亲去世后，她必须留在家中照顾父亲和弟弟
妹妹们，当时他们还很小。她离开学校时非常
沮丧，但现在她完全不后悔，因为她确信自己
在家中是必不可少的，不能让父亲和弟弟妹妹
们没有保护。
"这么严肃！"普日耶姆斯基笑了起来。
"严肃！"她笑了起来，"一点也不！我自己知道
我缺少什么...但我尽力而为..."
"为了当一位守护天使。"他轻声说道。
这些温柔的话语触动了她的心灵；她垂下头，
安静了下来。
但是他并没有因为中断的对话重新开始而感到
尴尬。稍微向她跟前靠了靠，他问道：
— 你今天和那位老妇人一起出去了吗？

— 你怎么知道的？

— 我从人行道上看见你，我坐在那里，
手里拿着一本书，想着你。

那位小老太太是杜特基耶维奇太太，兽医的遗孀，也是克拉拉母亲的教母，她是一个非常受尊敬的人，非常善良和友善，他们真正的朋友和恩人，许多次在困难时期帮助过他们，现在她为Staĉjo的教育付费。

— 那她是一个富有的人吗？

— 普日耶姆斯基问道。

— 是的，富有！

— 克拉拉热情地点头说，
她一个人住在三个房间里，还有女仆...

— 奢华的生活，— 他评论道，她接着说：

— 她的丈夫有很高的收入，
留给她一大笔财产。她亲自告诉我父亲，她拥有价值一万五千卢布的资产...

— 非常丰厚的财富，

— 普日耶姆斯基点头称是。

— 非常丰厚，

— 克拉拉说，

— 但她善用这笔财富。她帮助我们，
她也帮助许多其他人...

— 应该这样。

— 是的；对她来说这是一种巨大的幸福；

否则，一个孤独的没有孩子的人，她在生活中就没有任何目标。

他打断了克拉拉：

— 但是既然她拥有一万五千卢布，

一笔巨大的财富，

她可以模仿巴黎的圣母玛利亚！

他把肘部靠在楼梯上，低下头深深地沉思着。克拉拉注意到并理解了他的情感。她安静下来，不敢再说话。这种沉默持续了两三分钟。普日耶姆斯基挺直身体，抬起头朝着星星看去。在它们的光芒中，克拉拉看到他眉间的皱纹非常深。片刻后，他轻声说道：

— 星星在坠落。

克拉拉也不知不觉地压低了声音回答道：

— 八月里总是有很多星星坠落的。

过了一会儿，她又补充道：

— 有人说，当一颗星星坠落时，

我们必须在它熄灭之前许下一个愿望，这个愿望就会实现...看，先生，又有一颗坠落了！...还有那里！那里！它们像雨一样坠落。

他缓慢地看着天空，那里时而有金色的火花坠落，立刻在地平线下的薄暮中熄灭，他慢慢地说道：

— 那么表达一下愿望吧...星星们正大批坠落，你要在它们全部熄灭前说出来。

克拉拉保持沉默；他转过头来看着她。他们现在坐得如此靠近，以至于她清晰地看到了他眼睛的光芒。

— 你会向那颗坠落的星星许愿什么？

她尽力使自己放松自如地说话，她回答道：

— 我是一个可怕的自私鬼。

如果我相信坠落的星星能实现人类的愿望，我会不停地请求：父亲康复，弟弟妹妹们勤奋学习，大家都善良！...

— 那你自己呢？— 他问道。

克拉拉感到很惊讶。

— 对于我自己？

我的愿望如果确实会准确地表达我的热切欲望...所以我会为自己请求。

— 你太矜持了吧！

— 他说

— 但是你真的不希望，

那颗金色的小星星会给你送来...

一种无限的、无边的幸福，能将心灵转变成一颗火热的星星，高高地生活在大地之上吗？

她感觉到自己的心已经变成了一颗火热的星星，正因为如此，她开玩笑地回答道：

— 如果我一定要为自己请求什么，我会告诉星星们我想去森林里旅行，度过整个下午。我热爱森林。

接着她补充说：

— 那你会向那颗坠落的星星许愿什么？

— 我？

他开始沉思地说道：

— 我会请求那颗金色的星星，让我相信地球上存在着善良、纯洁和忠诚的心灵；我会请求那颗星星，让这样的心灵属于我...

经过短暂的沉默后，他继续说道：

— 我会说：明亮的星星，帮助我忘记那些如此频繁折磨我的黑暗梦境...

她聆听着那声音，吸收着那充满了不甜蜜的忧郁的词语。声音迷人，词句忧伤，虽然莫名其妙却令人害怕...

他站起来，改变了语气说：

— 让我们在花园里走一走，我请求你。

她顺从地跟着他走向那片长满了草上面满是露

水的紫丁香篱笆下，在两排浆果灌木间。

—你会为你父亲的健康向那颗坠落的星星许愿...

他不是完全健康吗？

— 不是！很长时间了...

— 他患有什么疾病？

— 肺病...

— 那真是很令人伤心；他有在接受治疗吗？...

— 几年前他曾经治疗过，

但现在他从来不请医生了。

治疗费用很高，而且效果不佳，可能是因为他的工作很辛苦和疲劳。最重要的是遵守医生的要求：早睡觉，喝牛奶，多吃水果。

普日耶姆斯基说：

— 最后一个要求很容易实现。

住在一个相当大的花园里，

旁边还有一个更大的...

在王子的花园里有很多美味的水果...

在黄昏中，克拉拉笑了起来。奇怪的人！她的父亲需要水果；王子的花园里有很多水果...但这两个事实之间有什么关系呢？

他默默地看着她，仿佛在等待着什么。然后他开始用漠不关心的口吻说：

— 今天我和王子一起参观了桃园、菠萝园、温室，里面都长满了好吃的水果，王子告诉我，让我把多余的送给佩尔科夫斯基夫人和我所有在城里认识的人…

他又一次停止讲话，看着她。她说：

— 王子是一个非常和蔼可亲的人。

然后她立刻指着宫殿。

— 现在宫殿的窗户都亮起来了，多美啊！

今晚，当我第一次看向宫殿时，窗户就像星星一样，在树叶间闪烁。

他们站在凉亭旁边的栏杆旁。在宁静的空气中，树木轻轻地低语着，然后，仿佛回应大自然的和谐，音乐从宫殿、从那些亮起的窗户传出来。有人在钢琴上弹了几个和弦，然后立刻停止。

— 在宫殿里有人在演奏吗？

— 克拉拉轻声问道。

普日耶姆斯基回答道：

— 是王子。他非常热爱音乐，

我们经常一起演奏。

— 你也演奏吗？

— 大提琴；他弹钢琴伴奏，我们互相合作。

你喜欢音乐吗？

宫殿里再次响起了和弦，这一次持续时间更长，与树木的低语融为一体。不久，大自然的音乐停止了，但钢琴继续奏响着乐曲。

— 我无法听音乐而不感动，— 克拉拉说。

— 你经常听音乐吗？

— 我母亲生前，她经常为我父亲演奏。
在她去世后，我在朋友家听到过两三次音乐...
普日耶姆斯基惊讶地喊道：

— 这可能吗？在四年中只听到两三次音乐！
你怎么能没有音乐而生活呢？...

她带着微笑回答：

— 这不是重要的事情，那只是一种乐趣...

— 当然，

— 他点头道

— 乐趣是享受生活的最重要的事情...
尤其是在你这个年纪...

— 你说得对，

— 她同意道

— 我早就不再是个孩子了。

他抬头看着天空。

— 星星还在落下吗？

她将头转向天空，回答道：

— 哦，是的！它们还在落下！
这里一个，在那棵大树的上方...

这里又一个，正好在宫殿的上空。

你看见了吗？

—我看见了...

现在说：我希望听到美妙的音乐。

她开始笑了起来，但他坚持要求。

— 说吧，我请求你：

"金色星星，让你在地球上的姐姐今天听到美妙的音乐！"如果你愿意的话，请重复一遍...

无法抗拒他的要求，带着微笑在颤抖的嘴唇上，她开始重复：

— 金色星星，让你的姐姐...

但她停下了，因为音乐飘荡在空气中。那不再是单独的和弦，而是和谐的、连绵不断的音调。惊叹出现在她的脸上，转向星星。笑容展开了她的嘴，金色的光辉填满了她的眼睛，尽管是在黄昏时分。她站在地上仿佛是被钉住，陶醉地倾听着音乐。他的话语变成了低语：

—你看，星星多么快地实现了她们地球上的姐妹们的愿望！

但是针对你，我的比喻不是很恰当。我们极端地创造了这个比喻，现在它让我想起了完全不同的事情...

这是一个新的想法！... 你知道海涅是谁吗？
— 德国诗人，
— 她低声说。
— 是的；我现在想起了一首海涅的诗，
我将用它来告别你...
他低下头，仿佛在准确回忆那首诗。音乐变得越来越悦耳清晰；树木轻声地开始低语。随着钢琴的声音，自然与音乐融为一体，发出柔和、温柔的声音：
你像一朵花
那么美丽、纯洁和迷人！...
我凝视着你... 我的心
因冰冷的颤抖而在消耗...
向天空我伸出手
流泪地祈求
使上帝让你为了他的荣耀
那么美丽、纯洁和迷人！...
说着最后几个字，他拿起她的手，低下头轻轻亲吻，唇几乎没有碰触。片刻后，他说道：
— 等一下。我马上和我的朋友为你演奏...
他戴上帽子，迅速离开。
通过园林的小门，他走进了荫凉的花园，在树木间消失了。克拉拉周围静静无声，直到音乐再次响起，这次是由两种乐器演奏。在宫殿的明亮窗户后，钢琴和大提琴和谐地演奏着一部宏伟的作品，其音调填满了公园的阴影，与树木细语混合在一起，环绕着那位女孩，靠在栏杆上，双手遮脸，陶醉在那迷人的魅力中。

Ĉapitro III

Klaro ekdormis tre malfrue kaj tre frue vekiĝis. Ordinare ŝi tuj saltis el la lito al la lavvazo kaj longe baraktis en la akvo, kvazaŭ birdo en la sablo. Hodiaŭ ŝi sidiĝis sur la lito kaj aŭskultis. Ŝia kapo, ŝia tuta estaĵo estis plena de melodiaj tonoj kaj de ritmaj vortoj, kiuj karesis ŝiajn orelojn kaj koron.

Vi estas kiel la flor'
Tiel bela kaj pura kaj ĉarma!...

La fortepiano kaj la violonĉelo daŭrigis:

Al ĉielo etendus mi for
Miajn manojn... petegus mi larma...

Ŝi venkis la revemon, saltis el la lito kaj post duonhoro ŝi jam estis vestita. Dum ŝi lavis sin, purigis la vestojn, la venko daŭris ankoraŭ, sed kiam butonumante la korsaĵon, ŝi ekstaris antaŭ la fenestro, ŝi ree aŭdis la kanton:

Ke Di' lasu vin por sia glor'
Tiel bela kaj pura kaj ĉarma!...

Dio, Dio! Kio okazis? Kiel feliĉa ŝi estas! Ŝia koro
ensorbis dolĉan feliĉon, pri kiu ŝi eĉ ne imagis ĝis
nun... „Mi ludos por vi kun mia amiko...“ Ili ludis
ĝis malfrua vespero, ŝi aŭskultis. Kia nokto! Oni
ludis por ŝi! Neniam ankoraŭ okazis io simila. Li
ludis por ŝi... por ŝi!... Kiel bona li estas!
    Ŝi forte kunpremis la manojn kaj diris decide:
    — Sufiĉe!
    Ŝi ĵetis sur siajn ŝultrojn manteleton, sur sian
kapon lanan tukon, kaptis de la kuireja tablo
korbon kun tenilo kaj kovrilo, pli grandan ol la
korbo por la kudraĵo. Ŝi devis kuri bazaron por
aĉeti kuirejan provizon. La patro kaj frato dormos
ankoraŭ unu horon; Franjon ŝi vekos, por ke ŝi
kuiru la lakton kaj gardu la fornon, sed antaŭe ŝi
kuros en la ĝardenon kaj alportos la kruĉon, kiun ŝi
forgese lasis ĉe la malgranda florbedo. Eble Franjo
bezonos ĝin kaj ne povos ĝin trovi. Klaro kuris sur
la balkonon kaj subite haltis. De kie ĝi venis? Korbo
plena de belegaj fruktoj! Neniam ŝi vidis tiajn!
    Sur la mallarĝa benko de la balkono staris korbo
plena de freŝaj fruktoj, arte dismetitaj de lerta
ĝardenista mano. En la mezo inter la folioj kronis la
fruktan piramidon ananaso, tute ora sub la radioj de
la leviĝanta suno; ĉirkaŭis ĝin rozaj persikoj, flavaj

abrikotoj, verdaj renklodoj, sub kiuj ruĝaj pomoj kaj grandaj piroj sin apogis al melono, kovrita de delikataj vejnetoj.

La tuton pentrinde ornamis folioj, kovrantaj ankaŭ la korbon. Alloge odoris la ananaso kaj melono. Freŝa roso brilis sur la folioj.

Klaro staris kun mallevitaj kaj forte kunpremitaj manoj. En la unua momento de admiro ŝi demandis: „De kie?" sed tuj ŝi respondis al si: „De li!" Antaŭ ŝia vekiĝo iu venis, laŭ lia ordono, en la ĝardenon kaj metis la korbon. Li ja diris, ke la princo permesis al li disdonadi la fruktojn de sia ĝardeno al siaj konatoj.

Fajra ruĝo kovris ŝian vizaĝon.

— Li disdonu ilin... sed ne al ni! ne al mi — ŝi ripetis, — ho ne! Neniam! Donaco de tute nekonata homo, — neniam!

Ŝi klare eksentis nun, ke li estas fremda por ŝi, kaj samtempe doloriga sago trapikis ŝian koron. Sed ĉu ĝi doloras ŝin aŭ ne, tamen li estas fremda por ŝi. Li ne konas eĉ ŝian patron! Kiel la patro povos akcepti la fruktojn, donacitajn de nekonata homo. Oni devas redoni ilin al li, sed kiamaniere? Kiu reportos? Eble Staĉjo? Oh ne, ne! Ŝi ektremis pensante, ke Franjo aŭ Staĉjo povas vekiĝi kaj veni sur la balkonon. Kion ŝi dirus al ili?

Poste ŝi decidos, kion fari; nun ŝi kaŝos plej rapide la korbon, por ke neniu vidu ĝin.

Ŝi tuj kaŝis ĝin en la kuireja ŝranko, kiun ŝi zorge ŝlosis. Feliĉe ĉiuj dormis ankoraŭ. Nun ŝi vekos Franjon kaj kuros bazaron.

Dum la sekvintaj horoj ŝi sentis sin jen trankvila kaj indiferenta, jen tiel kortuŝita, ke ŝi apenaŭ povis deteni la larmojn. Ŝi decidis porti la korbon en la laŭbon kaj peti sinjoron Przyjemski, se li venos, repreni ĝin... Jen ŝi estis certa, ke li venos; jen ŝi dubis... Se li ne venos, ŝi metos la korbon trans la krado. Li aŭ iu alia baldaŭ rimarkos ĝin, kaj ĉio estos finita. Verŝajne sinjoro Przyjemski ofendiĝos kaj ne volos plu vidi ŝin; ĉio finiĝos por ĉiam... Estis momentoj, kiam ŝi pensis pri tio sen bedaŭro; se li opinias, ke ŝi deziras liajn donacojn, li ne venu plu. Ĉio estos, kia ĝi estis antaŭ tri tagoj, kiam ŝi ankoraŭ ne konis lin.

Por la patro, Franjo kaj Staĉjo tio ja estas indiferenta, kial do ĉagreniĝi?

Sed post duonhoro ŝian decidemon anstataŭis tia malĝojo, ke ŝi ne sciis plu, kion ŝi faras. Ŝi forlasis la laboron, apogis la kubutojn sur la malnova komodo kaj premis la palpebrojn per la manoj por ne plori.

Unu horon antaŭ la tagmanĝo ŝi sidiĝis en la siringa laŭbo kaj komencis kudri rapide, diligente, kun mallevita kapo. Apud ŝi staris sur la benko la fruktoplena korbo. Velkintaj folioj ekkrakis sub ies piedoj.

Klaro klinis la kapon ankoraŭ pli malalte kaj komencis kudri ankoraŭ pli rapide. Brulis ŝia vizaĝo, ŝvelis la palpebroj, kaj ŝi tion sentis. Tra la densa nebulo, kiu kovris ŝiajn okulojn, ŝi ne vidis plu la kudraĵon. Bone konata voĉo diris malantaŭ la krado:

— Bonan tagon, fraŭlino!

Ŝi levis la kapon, sed ŝia rigardo ne renkontis la rigardon de Przyjemski, kiu estis fiksita sur la fruktoj, formantaj piramidon apud ŝia vesto kun rozaj kaj grizaj strioj. Tenante ankoraŭ la ĉapelon super la kapo, Przyjemski senmoviĝis. La sulko sur lia frunto pliprofundiĝis kaj la lipoj kolere kuntiriĝis. Sed ĉi tio daŭris nur kelke da sekundoj, post kiuj la bela vizaĝo ree fariĝis serena, eĉ ekradiis de plezuro. Klaro neniam vidis lin tia. Sur ŝia vizaĝo paleco forigis nun la purpuron. Ŝiaj fingroj, tenantaj fadenon, malseka de ŝiaj larmoj, iom tremis. Przyjemski etendis la manon super la krado kaj diris ridetante:

— Antaŭ ĉio, vian manon, mi, petas...

Ŝi etendis ĝin al li. Ŝia malgranda mano, malglata, iom ruĝa kaj iom tremanta, restis momenton en la blanka kaj mola mano, kiu premis ĝin.

— Nun klarigu al mi, kial la korbo venis ĉi tien?

Ŝi levis la kapon kaj kuraĝe rigardante lin, respondis:

— Mi alportis ĝin, esperante renkonti vin ĉi tie.

Volu meti la korbon trans la krado kaj sendi iun, por ke li prenu ĝin.

Kaj ŝi pene etendis al li la pezan korbon.

Silente, kun perfekta malvarma sango, malrapide Przyjemski faris ĉion laŭ ŝia diro: li prenis la korbon, metis ĝin sur la herbon trans la krado kaj, rigardante ŝin per okuloj plenaj de stranga brilo, diris:

— Bone. Nun kiam la ekzekuto jam estas finita, mi dezirus ekkoni la motivojn de la dekreto.

Ŝi vidis, ke li ne sentas sin ofendita, ke kontraŭe, malgraŭ la ŝajna ŝercemo, lia voĉo sonis pli amika, ol ordinare. Ŝi do respondis sen embaraso.

— Vere, mi ne scias klarigi tion al vi... sed ne eble estas... ni neniam, nek mia patro nek mi... Oni povas ne esti riĉa, tamen...

— Sufiĉi al si, — li finis.

Longe li staris meditante, sed sen kolero; kontraŭe, la sulko sur lia frunto estis multe malpli profunda, ol ordinare. Ĝi preskaŭ malaperis.

— Kial do vi akceptas diversajn aferojn de la sinjorino... de la vidvino de la bestkuracisto?

— Tio estas tute alia afero! — diris vive Klaro. — Sinjorino Dutkiewicz amas nin, kaj ni ŝin amas! De tiuj, kiuj nin amas kaj kiujn ni amas, oni povas akcepti ĉion...

Post sekunda konsidero ŝi aldonis kun serioza mieno:

— Oni eĉ devas, ĉar alie tio signifus, ke ni opinias ilin fremdaj...

Przyjemski rigardis ŝin admire, kiel ĉielarkon; poste li demandis:

— Kaj de la fremdaj oni akceptas nenion?

— Ne! ŝi respondis, sentime lin rigardante.

— Kaj mi estas fremda por vi, diru?

— Jes, — ŝi flustris.

Momenton ankoraŭ li staris, apoginte sin al la krado, rigardante jam ne ŝin, sed ien malproksimen. Poste li rektiĝis, posteniĝis unu paŝon kaj levante la ĉapelon diris:

—Mi havos la honoron fari hodiaŭ vespere viziton al via patro!

Pasante malrapide en la ombra aleo, li pensis:

— Voilà, où la fierté va se nicher! „De tiuj, kiujn ni amas kaj kiuj nin amas, oni devas ĉion akcepti, ĉar ne akceptante ni montrus, ke ni opinias ilin fremdaj...“ Tre delikata sento, tre delikata! Kaj kia sankta kredo al la amo! Ni amas, ili amas! Voilà, où la foi se niche! Foi de bûcheron! Sed kia feliĉo estas diri ne ridante: „Ni amas, ili amas...“ Se mi povus nur unu fojon ankoraŭ en mia vivo diri: „mi amas, ŝi amas min“ kaj ne ekridi, mi kisus, mia feino, viajn piedetojn... en truaj ŝuoj.

Tre bone estis, ke Klaro ankoraŭ en la ĉeesto de Przyjemski ne batis la manplatojn de ĝojo kaj ne eksaltis.

Veninte en la domon, ŝi faris tion radianta, ruĝa, spireganta.

Li do ne ofendiĝis; kontraŭe, li promesis viziti ŝian patron hodiaŭ... hodiaŭ! Kiel bona li estas, kiel bona! Ŝi komprenis la motivon de lia neatendita promeso... Kiam li koniĝos kun ŝia familio kaj komencos viziti ilin, li ĉesos esti fremda por ŝi. Li fariĝos intima konato; eble amiko. Ŝia koro estis plena de dankemo. Ŝi rememoris ĉiun vorton, kiun li diris, ĉiun movon, kiun li faris. Ekstreme amuzis ŝin la silenta kaj serioza maniero, per kiu, plenumante ŝian deziron, li prenis la korbon el ŝiaj manoj kaj metis ĝin sur la herbon trans la krado.

Ĉi tio estis tre ridinda: liaj movoj kaj gestoj, kvazaŭ li estus farinta ion solenan, kaj samtempe preskaŭ nevidebla rideto, eraranta sur liaj maldikaj, iom ŝercemaj lipoj. Belega estas lia buŝo, la okuloj kaj la frunto... Vere, ŝi ne sciis, kio estis plej bela. Eble la delikata profilo kun malkavaj brovoj, apartigitaj de la sulko plena de melankolio kaj saĝo... Ne, nek la profilo, nek la buŝo, nek la okuloj! Lia animo, ĝi sendube estis lia plej granda belaĵo! Lia nobla, alta kaj tiel malĝoja animo... Ankaŭ lia koro, kiu ne ekkoleris, ke ŝi ne akceptis la donacon, kiu, kontraŭe, ekdeziris proksimiĝi pli multe al ŝi...

Pensante pri ĉi tio, ŝi alkudris al la rando de la korsaĵo kiel neĝo blankan punteton kaj prenis el la komodo ledan zonon kun ŝtala buko.

Oni estis finantaj la tagmanĝon en la malgranda salono, kiu estis samtempe manĝoĉambro.

La plej grandan parton de la ĉambro okupis kameno el verdaj kaheloj; kelkaj dikaj traboj subtenis malaltan plafonon; de la ruĝe kolorita planko en multaj lokoj malaperis la koloraĵo; blua papero ruĝe punktita tapetis la murojn.

Inter du fenestroj, rigardantaj la verdan fazeolan kurtenon, Teofilo Wygrycz sidis sur mallarĝa kanapo kun fraksenaj brakoj, ĉe tablo kovrita per vakstolo, anstataŭanta tukon. Kelkaj teleroj kun la restoj de la manĝaĵo, karafo da akvo, salujo, vitra krenujo okupis la tablon. Apud la kontraŭa muro, sur la malnova komodo, flanke de malgranda lampo staris granda rezeda tufo en glaso. La du infanoj sidis ĉe ambaŭ flankoj de la patro; Klaro alportis el la kuirejo kelke da piroj sur telero kaj starante komencis senŝeligi unu.

— Paĉjo, mi aĉetis por vi hodiaŭ bonegajn pirojn. Franjo kaj Staĉjo ankaŭ ricevos po unu.

— Ĉu ili estas karaj? — demandis Wygrycz.

La vizaĝo de la maljuna oficisto estis longa kaj osta, ĝia koloro estis flava. La duone acida, duone apatia mieno montris homon ĥronike malsanan kaj plenumantan neamatan oficon.

Nur la okuloj, same bierkoloraj kiel la okuloj de Klaro, kun longaj okulharoj, rigardis iafoje sub la sulkoplena frunto inteligente kaj malsevere.

La dekkvinjara knabineto, maldika, anemia blondulino, kies trajtoj similis la longan vizaĝon de la patro, ekkriis vive:

— Kial vi tiel elegante vestis vin, Klaro?

Klaro havis la ĉiutagan perkalan striitan veston; ŝi nur metis freŝan pinton ĉirkaŭ la kolo kaj la zonon kun ŝtala buko. Ŝi eĉ ne estis korekte kombita, ĉar ŝiaj malobeemaj haroj ne volis glate kuŝi kaj liberiĝis el la katenoj de la duoblaj pingloj. La nigraj bukloj flirtis senĝene sur la frunto kaj nuko. Roza levkojo ornamis la malobeulojn.

Aŭdinte la demandon de la fratino, Klaro kliniĝis por levi de la planko piran ŝelon, kaj rektiĝinte respondis trankvile:

— Elegante! Tute ne, mi nur metis freŝan pinton, ĉar la antaŭa estis jam malpura.

— Vi metis ankaŭ vian novan zonon! — daŭrigis Franjo incitete.

Ne respondante al la malpacema fratino, Klaro metis antaŭ la patro la senŝeligitan piron kaj tranĉilon kun ligna tenilo.

— Ni hodiaŭ havos gaston, paĉjo, — ŝi diris.

— Gaston? — ekmiris la maljunulo, — kiun? Eble sinjorino Dutkiewicz?... sed ŝi ne estas gasto.

Klaro, senŝeligante duan piron, daŭrigis kviete:

— Kelke da fojoj mi renkontis en la ĝardeno sinjoron Przyjemski, la sekretarion de princo Oskaro, kaj ni longe interparolis. Hodiaŭ li diris al mi, ke li vizitos vin.

Wygrycz faris grimacon.

— Tre bezonas mi la viziton! Li malhelpos min dormi post la tagmanĝo... mi estas laca, mi ne povas paroli...

Li parolis per malĝentila tono; efektive, li sentis sin ĉiam laca kaj malkutimis la fremdajn vizaĝojn.

Franjo, spirito atakema, ekparolis vive per akra voĉo:

— Vi do, Klaro, koniĝas en la ĝardeno kun junaj viroj? Kiamaniere?...

— Silentu kaj ne ĉikanu la fratinon! — riproĉis Wygrycz Franjon, kiu tuj eksilentis.

Tiam la juna knabo en kiteleto kun leda zono komencis rapide babili.

— Mi, mi scias, kiu estas sinjoro Przyjemski. Mia kolego, la filo de la ĝardenisto de la princo, rakontis al mi, ke kun la princo venis lia sekretario, kiun li tre amas, kun kiu li ludas fortepianon kaj ian alian instrumenton... La nomo de la sekretario estas Przyjemski, li estas tre gaja, ĉiufoje kiam li estis en la ĝardeno, li ludis kun la infanoj.

— Silentu, Staĉjo! — diris Franjo, — la kavaliro de Klaro venas.

Oni aŭdis malrapidajn, egalajn paŝojn malantaŭ la fazeolo; baldaŭ malfermiĝis la vestibla pordo, tiel malalta, ke la venanto devis klini la kapon. Przyjemski aperis kaj per unu rigardo ĉirkaŭprenis ĉion: la malaltan plafonon, la verdan kamenon, la ruĝajn punktojn sur la blue tapetitaj muroj, la restaĵojn de kaĉo sur la teleroj, la kvar personojn ĉe la tablo, kovrita per vakstolo, la siringan tufon sur la komodo.

Klaro kun roza nebulo sur la vangoj diris sufiĉe malestime al la patro:

— Paĉjo, sinjoro Julio Przyjemski, mia konato.

Kaj al la gasto:

— Mia patro.

Wygrycz leviĝis kaj, etendante al la vizitanto sian longan, ostan manon, diris:

— Tio estas honoro por mi... Sidiĝu, mi tre petas vin...

La ruĝo jam forlasis la vizaĝon de Klaro. Trankvile, kun delikata rideto, ŝi deprenis la telerojn de la tablo kaj portante la piramidon en la kuirejon faris al la fratino signon per la rigardo, por ke ŝi forprenu la karafon kaj la vakstolon.

Kiam la vakstolo estis forigita, oni vidis fraksenan tablon, kovritan per kotona retotuko. Staĉjo metis sur ĝin la glason kun rezedo.

Post kelkaj minutoj Klaro revenis el la kuirejo.

Ĝoje ŝi rimarkis, ke ŝia patro vive parolas kun la gasto. Li estas vera sorĉisto, se li sukcesis tiel rapide forigi de la vizaĝo de la laca maljunulo maldolĉon kaj apation!

Przyjemski demandis lin pri la urbo, kie la maljuna oficisto pasigis la tutan vivon, kaj tiamaniere tuj trovis aferon bone al li konatan kaj ne indiferentan. Wygrycz parolis detale pri la loĝantaro de la urbo, pri ĝiaj klasoj, pri la materiala stato de ĉiu el ili. En la komenco li parolis malrapide kaj malfacile, kiel homo kiu malkutimis interparoli, sed post kelkaj minutoj la vortoj ekfluis pli libere; en liaj malhelaj okuloj ekbrilis inteligenteco kaj la ostaj manoj akompanis la frazojn per energiaj gestoj. Klariginte al la gasto la interrilatojn de la loĝantoj, li diris:

— Malfeliĉo supre, malfeliĉo malsupre, malfeliĉo en la mezo. Multo mankas ĉie kaj al ĉiu. Sed vi pardonu min, se mi diras al vi, ke iom kulpaj pri ĉi tio estas la homoj riĉaj kaj kredeble inteligentaj, kiel princo Oskaro...

Li interrompis, ekŝanceliĝis.

— Pardonu, sinjoro, eble mi ne devus diri tion al la sekretario kaj amiko de la princo...

— Kontraŭe — interrompis lin vive Przyjemski, — kontraŭe! Mi estas amiko de la princo kaj tial tre interesas min la ĝenerala opinio pri li. Volu do klarigi al mi, pri kio li estas kulpa?

Wygrycz vive moviĝis sur la mallarĝa kanapo.

— Pri kio? — li ekkriis. — Sinjoro, tio estas klara kiel la tago! La plej granda parto de la posedaĵoj de la princo estas ĉi tie; en la urbo li havas palacon, konstruitan de lia avo aŭ praavo... Li estas tiel multepova, li havas tian nomon, ke se li vivus inter ni, se li konus nin, se li studus la ĉi tieajn aferojn kaj — homojn, ĉiu lia vorto estus helpo, lumo, ĉiu faro estus beno... Mi petas vian pardonon, sinjoro, sed vi mem postulis, ke mi parolu... La princo senĉese vojaĝas...

Przyjemski mallaŭte kontraŭparolis:

— Nur de kvin jaroj li ne estis ĉi tie. Antaŭe li loĝis sufiĉe longe en la ĉi tieaj bienoj, en la palaco...

Wygrycz, disetendante la manojn, ekkriis...

— Kvazaŭ li tute ne estus... nenia diferenco!...

Liaj okuloj brilis, sur la mallarĝaj lipoj ironio anstataŭis la maldolĉan grimacon. En liaj vortoj estis sentebla ia protesto kontraŭ ĉio suferita, eble longe kaŝata malamo kontraŭ la aristokrataro, kiu fine eksplodis, — malamo bazita sur seriozaj konsideroj.

Przyjemski sidis sur fraksena seĝo, la kapo iom klinita, la ĉapelo en la mallevita mano. Lia eleganta kaj gracia silueto, lia profilo kun delikataj brovoj kaj kun maldikaj lipoj ombritaj de ore blondaj lipharoj mirinde kontrastis la bluan ĉambron kun la verda kameno.

Mallevinte la okulojn li komencis malrapide paroli:

— Permesu al mi, sinjoro, iom defendi la princon... nur iom, ĉar ankaŭ mi apartenas al tiuj, kiuj tute ne kredas la perfektecon de iu ajn homo... Mi nur volus diri, ke la princo ne estas escepto. Se li havas mankojn, se li ne plenumas iajn devojn, k. t. p. li ne estas escepto. Ĉiu homo estas kreaĵo malnobla, egoista, ŝanĝema, — li flirtas sur diversaj specoj de malbono, kiel papilio sur la floroj.

Wygrycz malpacience moviĝis sur la kanapo

— Mi petas vian pardonon, — eksplodis li fine, — ne ĉiu! ne ĉiu! Ekzistas en la mondo honestaj homoj, kiuj ne flirtas sur la pekoj, kiel papilio sur la floroj. Ni ne bezonas, sinjoro, papiliojn! La tuta malbono sur la tero devenas de tiaj papilioj!... Multon oni postulas de personoj, kiuj ricevis multon! La princo multon ricevis de Dio, la homoj do kaj Dio havas rajton postuli multon de li... Pardonu, sinjoro, ke mi parolas tiamaniere pri via estro kaj amiko... Sed kiam homo longe silentis, li fine ne povas sin deteni kaj diras ĉion, kio amasiĝis en li. Mi ne volas kalumnii la princon... eble li estas la plej bona homo, sed mi demandas vin: kion li faras?

Li disetendis la ostajn, iom tremantajn manojn kaj kun brilantaj okuloj daŭrigis:

— Por kio la princo uzas sian riĉaĵon, saĝon, multepovon? Por kiu? Kiel? Kion li faras, kion?

Kaj li demande, insiste rigardis Przyjemski'n.

La lasta levis la okulojn kaj respondis malrapide:

— Nenion, tute nenion!

Aŭdinte la konfirmon de sia praveco, Wygrycz kvietiĝis. Li levis sian longan flavan fingron.

— Tamen la princo estas kristano, li naskiĝis en tiu ĉi lando kaj havas ĉi tie bienojn...

Klaro, kiu sidis ĉe la fenestro kaj ornamis blankan kufon per pinto, levis la kapon kaj duonvoĉe interrompis la patron:

— Kara patro, ŝajnas al mi, ke ni ne devas tiel severe juĝi homojn tiel diferencajn de ni, tute diferencajn...

— Diferencajn? Kial diferencajn? Ĉu vi perdis la saĝon? La sama Dio kreis ilin, la sama tero nin portas... ni ĉiuj pekas, suferas kaj mortas... Jen estas granda, plena egaleco...

— Vi estas prava, sinjoro... — konsentis Przyjemski — vi diris profundan veron... Erari, suferi kaj morti ĉiuj devas kaj ĉi tio estas granda egaleco... sed mi estus tre danka al fraŭlino Klaro, se ŝi daŭrigus la defendon de mia amiko.

Li rigardis ŝin per tiel radiantaj okuloj, ke ŝi ridetante, tute libere finis:

— Ŝajnas al mi, ke la personoj tiel riĉaj, tiel multepovaj, kiel la princo, vivantaj tute alie ol ni, havas aliajn opiniojn, bezonojn kaj kutimojn; tio, kion ni scias bone, estas ne konata de ili; tio, kio estas por ni devo, al ili ŝajnas superflua, aŭ tro malfacila. Eble la princo estas tre bona, sed ne scias vivi, kiel li devus laŭ nia opinio... Eble la homoj seniluziigis lin aŭ malbonigis, flatante kaj ŝajnigante diversajn aferojn pro profitemo...

La vizaĝo de Przyjemski fariĝis pli kaj pli ravoplena; li rigardis la knabinon, kiel ĉielarkon. Wygrycz, kontraŭe, aŭskultis la filinon malpacience. Kiam ŝi finis, li levis la ŝultrojn:

— Virina rezonado, sinjoro! La virinoj ĉion scias klarigi: „Ĉi tio kaj tio, tiel kaj alie!" Kutiminte dozi la kaĉon, ili ĉie vidas kaĉerojn. Mi komprenas nur unu leĝon kaj juĝon: aŭ reĝo aŭ vagulo! Aŭ la homo obeas la dian leĝon, servas al sia proksimulo kaj al ĉiu bona afero, aŭ li ne faras tion. En la unua okazo, eĉ se li estas pekulo, li ion valoras; en la dua li ne valoras eĉ la ŝnuron por lin pendigi... Mi finis.

Przyjemski respondis post momento:

— Via juĝo estas severa kaj absoluta, sed fraŭlino Klaro stariĝis inter ni, kiel anĝelo dolĉa kaj paciga, ĉar ŝi estas anĝelo.

Kaj tuj, lasinte al neniu tempon por respondo, li demandis Wygrycz'on.

— Ĉu vi ĉiam plenumis la nunan oficon, aŭ eble, kiel ŝajnas al mi, vi havis alian okupon?

Wygrycz faris maldolĉan grimacon.

— Ĉiam, sinjoro, ĉiam, de mia dekoka jaro mi laboras en oficejoj. Mi estas filo de metiisto, mia patro posedis ĉi tie dometon, kie li laboris. Li edukis min en lernejo, mi finis kvinklasan kurson kaj fariĝis oficisto. Sed kial vi demandas min pri ĉi tio?

Przyjemski pripensis momenton kaj diris kun delikata saluto:

— Mi malkaŝe konfesos al vi, ke mi trovis pensojn kaj parolmanieron... pli altajn...

— Ol vi esperis! — finis Wygrycz kun ironia rideto. — Supozeble en la domo de via estro kaj amiko vi ne ofte renkontis malriĉajn homojn. La malriĉeco, sinjoro, ne ĉiam estas sinonimo de malsaĝeco... Ha, ha, ha!...

Wygrycz ŝajnigis sarkasman ridon, sed oni povis rimarki, ke la opinio de la gasto flatis kaj ĝojigis lin.

— Tamen, — li daŭrigis, — koncerne min, en mia vivo ekzistis favoraj cirkonstancoj. Mi edziĝis kun virino instruita kaj plej bona, plej bona! Ŝi estis instruistino, kiam ni ekamis unu la alian. Ŝi elektis min, kvankam ŝi povis edziniĝi kun pli riĉa homo. Sed ŝi ne bedaŭris tion. Ni estis feliĉaj. Ŝi estis pli instruita ol mi, sed mi estis sufiĉe prudenta por profiti ŝian spiritan superecon. Post la ofica laboro, dum la liberaj horoj ni legis kune, aŭ ŝi ludis por mi fortepianon, ĉar ŝi havis muzikan talenton...

Mi posedas, sinjoro, bonajn, sanktajn rememoraĵojn de mia vivo, kaj en la alia mondo min atendas mia sanktulino, kun kiu mi dezirus ree esti kiel eble plej baldaŭ, se ŝi ne estus lasinta al mi la infanojn. Nur por ili mi vivas. Mi ŝuldas multon, sinjoro, al ĉi tiu virino, kun kiu mi vivis kune dudek tri jarojn kiel dudek tri tagojn... Ankaŭ ŝi, sur sia morta lito, tute konscia, dankis min, antaŭ ol ŝi spiris la lastan spiron... Ni disiĝis en paco kaj amo, same ni renkontos unu la alian antaŭ Dio...

Per la fino de sia osta fingro li viŝis la malsekajn palpebrojn kaj eksilentis.

Przyjemski ankaŭ silentis, mallevinte la kapon. Post momento li diris medite:

— Ekzistas do sur la tero tiaj poemoj — tiaj unuiĝoj kaj rememoraĵoj...

Wygrycz kuntiris ironie la lipojn.

— Se vi ne scias tion de via propra sperto, se vi eĉ ne vidis tiajn poemojn, tiam... pardonu mian malkaŝemon: vi estas tre kompatinda...

Przyjemski levis la kapon per subita movo kaj ekrigardis la oficiston kun mirego, kiu tuj malaperis.

— Jes, jes... — li diris, — malriĉeco kaj riĉeco havas tute malsaman signifon... tute malsaman...

Li turnis sin al Klaro, kliniĝinta al la muslino kuŝanta sur ŝiaj genuoj.

— Mi ankoraŭ ne redonas al vi la libron, kiun vi

pruntis al mi, mi eĉ petas alian de la sama speco, se vi posedas ian...

— Ĉu vi deziras poezion? — ŝi demandis, levante la kapon.

— Jes, ĉar mi konas ĝin malmulte kaj supraĵe...

Wygrycz intermetis:

— Mia edzino lasis al la filinoj malgrandan bibliotekon, kiu enhavas ankaŭ verkojn de poezio.

Kaj li aldonis afable:

— Klaro, montru al la sinjoro nian bibliotekon, eble li elektos ion...

— Ĝi estas en mia ĉambro — diris Klaro leviĝante.

Dio! ĉu eblas nomi ĉambro ĉi tiun kaĝeton? Ree verda kameno, unu fenestro, du dikaj traboj super la kapo, lito, tablo, du seĝoj kaj ruĝa ŝranko vitrita! Kia ĉambro, tia biblioteko. Kelke da bretoj, ducent volumoj en grizaj, malnovaj bindaĵoj. Przyjemski staris tuj malantaŭ Klaro, kiu tuŝante ĉiun libron per la fingro, diris la nomon de la aŭtoro kaj titolon de la verko.

— „En Svisujo.“ Ĉu vi deziras ĝin?

— Bone. Kiom da fojoj mi estis en tiu lando!... Mi konas la poemon; ŝajnas al mi, ke mi ĝin konas, sed eble ne...

Kiam ŝi etendis al li la libron en eluzita bindaĵo, kredeble legitan multe, multe da fojoj, li momenton tenis ŝian manon en sia kaj flustris:

— Dankon, ke vi defendis mian amikon... Dankon,

ke vi ekzistas...

Ili revenis en la manĝoĉambron. Przyjemski ekstaris kun la ĉapelo en la mano antaŭ la oficisto. Ŝajnis, ke li volas diri ion, sed li ŝanceliĝas kaj pripensas.

— Mi dezirus — li diris post momento, — demandi kaj peti vin pri io kaj mi anticipe petas vian pardonon, se mi — estas maldiskreta...

— Mi petas vin — diris Wygrycz, — parolu malkaŝe. Ni ja estas najbaroj, kaj se mi povas esti utila al vi...

— Kontraŭe — interrompis Przyjemski, — mi volis proponi al vi miajn servojn...

Li apogis pli forte la manon al la tablo kaj daŭrigis per pli mola, velura voĉo:

— Jena estas la afero: vi ne fartas bone, vi havas du junajn infanojn, kiuj bezonas ankoraŭ multon, multon, kaj viaj rimedoj por ekzistado estas iom... nesufiĉaj. Aliflanke mi havas influon, grandan influon al la princo Oskaro, tre multepova, tre riĉa homo... Mi estas certa, ke kiam mi klarigos al li la aferon, la princo volonte, plezure faros por vi ĉion eblan... Li povos faciligi la edukadon de ĉi tiu juna knabo kaj zorgi pri lia estonteco... En siaj bienoj li facile trovos por vi oficon, malpli laciga ol la via kaj pli profitan... Se vi permesus al mi paroli pri ĉi tio kun la princo...

Li klinis la kapon, li atendis. Wygrycz aŭskultis en

la komenco scivole, poste li mallevis la kapon. Kiam Przyjemski ĉesis paroli, li levis la okulojn, ektusetis kaj respondis:

— Mi tre dankas vin por viaj bonaj intencoj, sed mi ne volas profiti la favoron de la princo... ne, mi ne volas...

— Kial? — Przyjemski demandis.

— Ĉar oni devas kutimi akcepti favorojn de multepovuloj...

Mi ne kutimis. Ĉu mia ofico estis profita, ĉu ne profita, mi ĉiam estis mia servisto kaj mia estro.

Przyjemski levis la kapon. Kolera flamo ekbrilis en liaj bluaj okuloj. Li komencis paroli, pli forte ol ordinare skandante la vortojn:

— Vi vidas!... Vi mem vidas!... Vi riproĉas al la princo, ke li estas senutila por la aliaj, kaj kiam aperas okazo esti utila, oni ne akceptas liajn servojn...

— Certe, sinjoro, certe! — respondis Wygrycz, kies okuloj ankaŭ brilis. — Se mi scius, ke la princo helpas min kiel frato fraton, kiel homo pli favorata de Dio alian malpli favoratan sed egalan al li, mi akceptus, sendube mi akceptus kaj estus danka... Sed la princo ĵetus al mi sian bonfaron kiel oston al hundo kaj mi, kvankam ne riĉa, mi ne levas la ostojn de la tero...

Delikata ruĝo aperis sur la vangoj de Przyjemski.

— Tio estas antaŭjuĝo — li diris, — fanatismo... la

princo ne estas tia, kia vi lin opinias...

Wygrycz ree disetendis la manojn.

— Mi ne scias, sinjoro, mi ne scias! Neniu ĉi tie povas tion scii, ĉar neniu konas la princon!

— Ĉi tio estas la kerno de nia disputo — konkludis Przyjemski kaj etendis al la maljunulo sian blankan, longan manon.

— Mi petas vian permeson iam reveni...

— Mi petas, mi petas vin — konsentis tre afable Wygrycz.

— Ĉu vi intencas longe resti ĉi tie kun la princo?

— Ne longe. Ni baldaŭ forveturos en la bienojn de la princo, sed ni eble revenos kaj pasigos ĉi tie la tutan vintron...

Dirante la lastajn vortojn, li rigardis Klaron; ŝiaj okuloj estis turnitaj ne al li, sed al la patro. Tuj kiam la pordo fermiĝis post la gasto, ŝi ĵetis sin al la kolo de la maljunulo.

— Paĉjo mia amata, mia kara, mia ora, kiel bone vi faris!

Ŝi kisis liajn manojn kaj vangojn. Wygrycz turnis for la kapon, grimacante.

— Sufiĉe... donu al mi la noktan surtuton kaj la pantoflojn. Mi kuŝiĝos... la vizito lacigis min...

Klaro kuris por la postulitaj aferoj kaj en la pordo ŝi aŭdis la akran voĉon de la fratino:

— Vi scias paĉjo, ke sinjoro Przyjemski enamiĝis?

Ĉu vi rimarkis, kiamaniere li diris: „Ĉar fraŭlino

Klaro estas anĝelo" Kaj kiel li ŝin rigardis!

— En via aĝo oni ne konkludas pri tiaj aferoj... — diris severe la patro...

— Mi ne estas plu infano — respondis fiere Franjo, — kaj se Klaro amindumas junajn virojn, mi povas almenaŭ scii, ke ŝi faras tion...

Klaro donis al la patro la surtuton per tremantaj manoj.

Wygrycz sin turnis al Franjo:

— Haltigu vian langon kaj ĉesu turmenti vian fratinon. Petu Dion, ke vi ŝin similu. Prava estis la sinjoro, kiam li nomis ŝin anĝelo.

Li eliris, frapante per la pantofloj.

Franjo metis tukon sur la kapon kaj kuris en la kudrejon. Klaro alvokis la fraton.

— Alportu la kajeron, ni ripetos vian aritmetikan lecionon.

La knabo, bela kaj rondvanga, kun vivplenaj okuloj, ĉirkaŭprenis ŝin kaj komencis kolerete:

— Malbona estas Franjo! Ŝi ĉiam incitetas kaj ĉikanas vin!

Klaro, karesante la frunton kaj la harojn de la knabo, respondis:

— Ne diru tion, ŝi havas bonan koron kaj amas nin ĉiujn; ŝi nur estas tro viva, ni devas pardoni tion al ŝi...

Premante ŝin en siaj brakoj, la knabo daŭrigis:

— Vi estas pli bona, pli bona... vi estas patrinjo

de mi, de Franjo, de paĉjo, de ni ĉiuj!...

Klaro ekridetis kaj dufoje kisis la ruĝvangan knabon.

第三章

克拉拉很晚才入睡，又很早就醒来了。通常她会立刻从床上跳到水槽里，长时间在水中扑通挣扎，就像鸟儿在沙中一样。今天她坐在床上，静静聆听。她的头脑，整个身体都充满了悦耳的音调和有节奏的词语，轻抚着她的耳朵和心灵。

你像一朵花
那么美丽、纯洁和迷人！...

钢琴和大提琴接着演奏：

向天空我伸出手
流泪地祈求...

她终于拜托了梦幻，跳下床，半小时后她已经穿好衣服。当她沐浴、整理衣物时，兴奋依然持续着，但当她系上衣服的纽扣时，她站在窗前，再次听到了歌声：

让上帝为他的荣耀留下你
那么美丽、纯洁和迷人！...

天啊，天啊！发生了什么？她多么幸福！她的
心灵充满了一种甜蜜的幸福，她从未想象过的...
" 我 会 和 我 的 朋 友 为 你 演 奏 . . . "
他们一直演奏到深夜，她静静聆听。多么美好
的夜晚！他们为她演奏！从未有过这样的事情
。他为她演奏... 为她！... 他多么好！
她紧紧握住双手，坚定地说道：
- 够了！
她把披风披在肩上，头上裹着毛巾，拿起厨房
桌上的篮子、夹子和盖子，比平常用来装针线
的篮子还要大。她必须去市场买些厨房用品。
父亲和弟弟还要再睡一个小时；她会叫醒弗朗
，让他煮牛奶并看管烤炉，但首先她要去花园
拿回那个她不小心落在小花坛旁的罐子。也许
弗朗会需要它，而找不到。克拉拉跑到阳台，
突然停了下来。那是从哪里来的？篮子里满满
装着美味水果！她从未见过这样的水果！
在阳台的窄长凳上，摆放着一个满是新鲜水果
的篮子，被一只灵巧的园丁之手级艺术地装饰
在一起。在叶子中央，金黄色的菠萝在初升太

阳的照射下形成了水果金字塔；周围围绕着粉红色的桃子、黄色的杏子、绿色的李子，下面是红苹果和巨大的梨，靠着香瓜，被精美的小花纹覆盖。

整个篮子都被装饰着叶子，覆盖着篮子。在阳光下，菠萝和香瓜散发着芬芳。新鲜的露珠闪烁在叶子上。

克拉拉双手紧握着，站在那里。在第一刹那的惊叹中，她问道："从哪里来的？"但立刻自己回答道："从他那里！"在她醒来之前，有人按照他的命令来到花园，把篮子放在那里。他确实说过，王子允许他把自己花园里的水果分给他的朋友们。

火红的红晕覆盖了她的脸。

"他可以把它们分给别人...

但不是我们！不是我！"

她重复着，"哦，不！永远不是！一个完全陌生的人的礼物，永远不是！"

她清楚地感觉到他对她来说是陌生的，同时一支痛苦的箭射穿了她的心。但无论是否痛苦，他对她来说依然是陌生的。他甚至不认识她的父亲！父亲怎么能接受一个陌生男子送来的礼物呢？必须把它们还给他，但怎么办呢？谁来汇报？也许是斯塔奇奥吗？哦不，不是！她颤抖着想着，弗朗索瓦或斯塔奇奥可能会醒来并走到阳台上。她会对他们说些什么呢？

然后她决定该怎么做；现在她要尽快把果篮藏起来，以免被人看见。她立刻把它藏在厨房的橱柜里，并小心地锁上了。幸运的是所有人都还在睡觉。现在她要叫醒弗朗索瓦并去市场。

在接下来的几个小时里，她感觉时而平静冷漠，时而如此感动，几乎无法控制眼泪。她决定把果篮带到走廊上，如果普日耶姆斯基先生来了，就让他拿回去...有时她确信他会来；有时她怀疑...如果他不来，她会把果篮放在栅栏上。他或其他人很快就会注意到它，然后一切都结束了。普日耶姆斯基先生可能会生气并不再想见她；一切都将永远结束...有时她想到这一点时并不感到遗憾；如果他认为她想要他的礼物，他就不要再来了。一切会回到三天前她还不认识他的时候。

对于父亲、弗朗索瓦和斯塔奇奥来说，这都是无关痛痒的事，为什么要烦恼呢？

但半小时后，她的决心被一种如此沉重的悲伤所取代，以至于她不再知道自己在做什么。她离开工作，把胳膊肘靠在旧梳妆台上，用手捂住眼睑以免流泪。

午饭前一个小时，她坐在丁香树廊下，开始迅速、勤奋地缝纫，头低得很低。她身旁的果篮摆在长凳上。枯萎的叶子发出被脚踩的嘎吱声。克拉拉把头低得更低，开始缝纫得更快。她的脸发烫，眼皮肿胀，她感觉到了。浓雾似乎遮住了她的双眼，她再也看不见缝纫物了。一个熟悉的声音在栅栏后面说道：

"早上好，小姐！"

她抬起头，但她的目光并没有遇到普日耶姆斯基的眼睛，他的目光一直盯着形成一座金字塔的水果，它们摆放在她的衣服旁边，上面有粉红色和灰色的条纹。普日耶姆斯基仍然戴着帽子，一动不动。他额头上的皱纹加深，嘴唇愤怒地收紧。但这只持续了几秒钟，之后他那美丽的脸再次变得平静，甚至洋溢着喜悦。克拉拉从未见过他这样。她脸上变的苍白似乎把脸上的红晕抹去了。她的手指，握着线，湿润了，有些颤抖。普日耶姆斯基伸出手放在栅栏上微笑着说：

"首先，您的手，请..."

她把手伸给他。她那细小、粗糙、有些泛红和有些颤抖的手在他那白皙柔软的手中停留片刻，他紧握着。

"现在跟我解释一下，这个篮子怎么会到这里来的？"

她抬起头，勇敢地看着他，回答道：

"我带来了它，希望在这里遇见你。请把篮子放在栅栏上，然后派人来取走它。"

她费力地把沉重的篮子递给了他。

普日耶姆斯基默默无言，仿佛全身的血都凝固了，按照她的指示慢慢地做了所有事情：他拿起了篮子，放在栅栏上的草地上，然后用眼睛充满了奇怪的光芒看着她，说道：

"好的。现在执行已经完成，我希望知道这个命令的原因。"

她看到他并没有感到冒犯，相反，尽管他的声音听起来更友好一些，她并没有感到尴尬。所以她毫不犹豫地回答道：

"实际上，我无法向您解释这个…但也许…我们从来没有…我父亲和我都没有…一个人可以不富有，然而…"

"自给自足，"他补充道。

他长时间地沉思，但并没有生气；相反，他额头上的皱纹比平时要浅得多，几乎消失了。

"那么，你为什么接受女士…那位兽医寡妇的东西呢？"
"那是完全不同的事情！"
克拉拉热情地说道。"杜特凯维兹夫人爱我们，
而我们也爱她！对于那些爱我们和我们爱的人
，我们可以接受一切..."
经过一会思考后，她又严肃地补充道：
"甚至必须这样做，否则就意味着我们认为他们
是陌生人..."
普日耶姆斯基惊奇地看着她，像看着一道彩虹
；然后他问道：
"而对陌生人却不接受任何东西吗？"
"不！"她感情地回答，注视着他。
"那么我对你来说是陌生的，是吗？"
"是的，"她低声说道。
他站在那里片刻，靠在篱笆上，眼睛不再看她
，而是朝着远处。然后他站直了身子，迈出一
步，抬起帽子说：
—我今晚有幸去拜访您的父亲！
慢慢地走过阴凉的小径时，他心里想着：
— 这就是骄傲的所在！
"我们爱的人和爱我们的人，我们必须接受一切
，因为不接受会显示出我们认为他们是陌生的...
"

很微妙的感觉，很微妙！对爱的信仰多么神圣！我们爱，他们也爱！这就是信仰的所在！伐木工的信仰！但是多么幸福地说着："我们爱，他们爱..."

如果我能在我的一生中再说一次："我爱她，她也爱我"，我的爱人，我会亲吻你的小脚...即使穿着有孔的鞋子。

克拉拉很纯洁自然，她在普日耶姆斯基在场时没有高兴地拍手或跳跃。进入房子后，她为自己的表现而灿烂、红润、激动。

他并没有生气；相反，他承诺今天去拜访她的父亲...

今天！他是多么善良，多么善良！她理解了他意外的承诺的动机...

当他与她的家人相识并开始拜访他们时，他将不再对她陌生。他会成为一个亲密的熟人；也许是朋友。她的心充满了感激之情。她回忆起他说过的每个词，做过的每个动作。他以沉默而认真的方式履行她的愿望，将果篮从她手中拿出，放在了篮子对面的草地上，这让她非常愉快。

这真是太可笑了：他的动作和姿态，仿佛他在做某种庄严的事情，同时又几乎看不见的微笑，飘荡在他那些纤细、有点幽默的嘴唇上。他的嘴、眼睛和额头都很美丽…

实际上，她不知道哪一个是最美的。也许是那柔和的轮廓，配以严肃的眉毛，从充满忧郁和智慧的皱纹中分开…

不，既不是轮廓，也不是嘴巴，更不是眼睛！他的灵魂，无疑是他最美丽的东西！他高贵、高尚且如此忧伤的灵魂…

也有他的心，他毫不生气她没有接受那份礼物，相反，渴望更加靠近她…

想着这些，她在胸衣的边缘缝上雪白的小花，然后从五斗橱里面拿出一条带钢扣的腰带。

人们正在小客厅里吃午餐，这个小客厅同时也是餐室。

房间的大部分地方被绿瓷砖砌成的壁炉占据着；几根粗木横梁支撑着低矮的天花板；在红色地板的许多地方，颜色已经褪去；蓝色点缀着红点的墙纸贴在墙上。

在两扇窗户之间，望着绿色豆藤帘子，特奥菲洛·维格里茨坐在一张窄窄的长沙发上，穿着礼服，手肘放在覆盖着蜡布而代替桌布的桌子上。桌子上摆放着几个装着剩饭的碟子、一瓶水、一只盐瓶、一个玻璃制的餐具筷筒。在对面的墙边，旧时的橱柜旁，一盏小灯旁边放着一盆大的绿色苔藓植物。两个孩子坐在父亲的两侧；克拉拉从厨房端来几个苹果放在盘子里，站在旁边开始削皮。

— 爸爸，我今天为你买了优质的梨。

弗兰约和斯塔约也各自会得到一个。

— 它们很贵吗？ — 维格里茨问道。

这位老职员的脸长而瘦，颜色是黄的。那种半酸半淡的表情展现出一个慢性病人和履行无爱工作的样子。只有眼睛，和克拉拉一样的啤酒色眼睛，长长的眼睫毛，有时在皱纹布满的额头下聪明而宽容地看着。

妹妹，十五岁的女孩，瘦弱、贫血的金发女孩，她的特征与父亲那长脸相似，活泼地喊道：

— 为什么你穿得这么优雅，克拉拉？

克拉拉穿着她每天穿的那件带条纹的派克布衣服；她只是在脖子上系了一根新的领带和一条铁扣腰带。她甚至没有把头发梳得当，因为她那顽皮的头发不想平顺地躺下，从双面别针的束缚中挣脱出来。黑色的卷发在额头和脖子上毫不在意地飘动着。粉红色的丝绒花饰在她的耳朵上。

听到妹妹的问题，克拉拉弯下腰从地板上拿起一个梨皮，然后站直了回答道：

— 优雅！一点也不，

我只是换了一个新的领带，因为旧的已经脏了
。

— 你还系了你的新腰带！

— 弗朗西斯克继续挑衅地说道。

没有回应那个刁蛮的妹妹，克拉拉把一个未削
皮的梨和一把带木柄的刀放在父亲面前。

— 今天我们会有客人，爸爸，— 她说。

— 客人？

— 老人惊讶地说，

— 谁？也许是杜特基埃夫人？...

但她不是客人。

克拉拉剥着第二个梨，继续轻声说道：

— 几次我在花园里遇到了

奥斯卡王子的秘书普日耶姆斯基先生，我们长
时间交谈。今天他告诉我，他会来拜访您。

维格里奇流露出不满的神情。

— 我真的不需要这个拜访！

他会妨碍我在午饭后入睡...

我很累，我无法说话...

他用一种过格的口吻说话；事实上，他总是感
到疲倦，不习惯与陌生人打交道。

妹妹弗朗西斯科，一个好斗的人，用尖锐的声音开始兴奋地说道：

— 克拉拉，你在花园里与年轻男子交往？怎么会？...

— 安静，不要惹恼你的妹妹！

— 维格里奇责备弗朗西斯科，

后者立刻安静下来。

这时，穿着罩衣手持皮带的小男孩开始快速地闲聊起来。

— 我，我知道普日耶姆斯基先生是谁。

我的同学，王子的园丁的儿子告诉我，王子带来了他非常喜爱的秘书，他们一起弹钢琴和其他乐器...

秘书的名字是普日耶姆斯基，他非常开朗，每次他在花园里时，都和孩子们一起玩。

— 安静，斯塔乔！

— 弗朗西斯科说道，

— 克拉拉的骑士来了。

在豌豆植物后面传来了缓慢而均匀的脚步声；很快，大门打开了，门槛如此低，以至于来访者必须低下头。

普日耶姆斯基出现了，眼睛环顾四周：低矮的天花板、绿色的石头、蓝色壁纸上的红点、盘子上的糊状残渣、桌子上覆盖着蜡布、柜子上的银杏灌木。

克拉拉脸颊上泛着粉红色的薄雾，淡淡地对父亲说道：

— 爸爸，这位朱利奥·普日耶姆斯基先生是我的熟人。

对客人说：

— 这是我的父亲。

维格里奇站起来，伸出他那又长又白的手臂，说道：

— 这对我来说是荣幸... 请坐，我非常请求您...

克拉拉的脸上红晕已经消失了。平静地，带着微笑，她把桌子上的盘子拿开，把摆好的盘子拿到厨房，用眼神向妹妹示意，让她把酒瓶和蜡布拿走。

当蜡布被移走时，露出了一张折叠的桌子，上面覆盖着棉质桌布。斯塔乔在上面放上了装有酸浆的玻璃杯。

几分钟后，克拉拉从厨房回来。她高兴地发现她的父亲正在和客人活生生地交谈。如果他成功地那么快地从老疲惫者的脸上消除了苦涩和冷漠，那他肯定是一个真正的魔术师！

普日耶姆斯基问起他所度过一生的城市，立即就找到了一个他熟悉且感兴趣的话题。
维格里奇详细介绍了这座城市的居民，各阶层的情况，以及每个阶层的物质状况。开始时，他说话缓慢、困难，像一个不习惯交谈的人，但几分钟后，言辞流畅起来；他那双深沉的眼睛闪烁着智慧，沉稳的手势伴随着句子的表达。向客人解释了居民之间的关系后，他说道：
— 顶上的不幸，底下的不幸，中间的不幸。
到处都有许多人贫穷匮乏。但请原谅我，如果我告诉您，部分责任可能是富有且可能聪明的人，比如奥斯卡王子...
他突然停下来，摇摇晃晃。
— 对不起，先生，
也许我不应该在王子的秘书和朋友面前说这些...
— 相反的，" --
普日耶姆斯基生动地打断他，"相反的！我是王子的朋友，所以我对他的普遍看法非常感兴趣。请您解释一下，他有什么过错？
维格里奇在狭窄的沙发上动了动。
— 关于什么？
— 他大声喊道。
— 先生，这是昭然若揭的！
王子的大部分财产都在这里；在这座城市，他拥有一座由他的祖父或曾祖父建造的宫殿…他如此强大，拥有如此名望，如果他在我们中间生活，如果他了解我们，如果他研究这里的事务和一人们，他的每个言辞都将是帮助、光明，他的每个举动都将是祝福…

请原谅我，先生，但您自己要求我说出…

王子不断地旅行…

普日耶姆斯基低声回应道：

— 仅有五年他没有在这里。

以前他在这里的财产居住了相当长时间，在那座宫殿里…

维格里奇伸展开双手，大声说道…

— 他就好像根本不存在… 没有任何区别！…

他的眼睛闪闪发光，狭窄的嘴唇上代替了不悦的笑容的讽刺。他的话语中带有一种对所遭受的一切的抗议，也许是长期隐藏的对贵族阶层的仇恨，最终爆发出来，

— 基于严肃的考量的憎恨。

普日耶姆斯基坐在灰色的椅子上，微微低头，手里拿着帽子。他那优雅而优美的身影，轮廓线上带有精致的眉毛，嘴唇被金黄色细长的胡须遮蔽，与蓝色的房间和绿色的壁炉形成了惊人的对比。他低下眼睛，开始缓慢地说道：

— 请允许我，先生，稍微为王子辩护...
只是稍微，因为我也属于那些完全不相信任何有完美人的人...
我只想说，王子并不是例外。如果他有缺点，如果他没有履行任何义务，等等，他并不是例外。每个人都是卑鄙、自私、变化无常的创造物，
— 他们有各种缺点上跳跃
如同蝴蝶在花间飞舞。
维格里奇焦躁不安地在沙发上颤抖起来
— 对不起，
— 他最终爆发了，
— 不是每个人！不是每个人！
世界上有诚实的人，他们不像蝴蝶在花丛跳舞那样在错误的草丛中蹦来蹦去。先生，我们不需要那样的蝴蝶！地球上所有的恶行都源自这些蝴蝶！...
人们对那些得到了很多的人要求很多！王子从上帝那里得到了很多，因此人们和上帝有权要求他很多...
请原谅，先生，我这样说你的主人和朋友...
但是当一个人长时间保持沉默，最终他无法抑制自己，说出了所有在他心中积累的东西。我

不想诽谤王子…

或许他是最好的人，但我问你：他做了些什么？

他伸展了僵硬、有些颤抖的手，眼睛闪闪发光继续说道：

— 王子用他的财富、智慧、权力做什么？

为了什么？怎么做？他做了什么？

然后他问道，坚定地盯着普日耶姆斯基。

后者抬起眼睛缓慢地回答道：

— 什么也没做，完全没有！

听到他说得如此肯定，维格里奇平静下来。他抬起了他那根长长的黄色手指。

— 然而王子是基督徒，他出生在这个国家，并在这里拥有庄园…

坐在窗前用针线编制帽子的克拉拉抬起头，用柔和的声音打断了父亲：

— 亲爱的父亲，

我觉得我们不应该如此严厉地评判那些和我们如此不同的人，完全不同的人…

— 不同的？为什么不同的？你疯了吗？

同样的上帝创造了他们，同样的土地承载着我们…我们都有罪过，都吃苦，都死亡…

这是伟大的、完全的平等…

— 您是对的，先生...
— 普日耶姆斯基同意道
— 您说了一句深刻的真理...
每个人都必须犯错、遭受痛苦和死亡，这就是伟大的平等...
但我会非常感谢克拉罗小姐继续为我的朋友辩护。
他用闪亮的眼睛看着笑盈盈的她，她毫不掩饰地做出了结论：
"我觉得，像王子这样的富有、权力极大的人，过着完全不同于我们的生活，拥有不同的观点、需求和习惯；我们清楚的事实，对他们来说是未知的；对我们而言是义务的事情，对他们可能看起来多余或者太困难。也许王子很善良，但不知道按照我们的看法该怎么生活...也许人们让他失望或者腐化，通过奉承和假装支持不同的事情来谋取利益..."
普日耶姆斯基的脸变得越来越充满喜悦；他像看着天空的彩虹一样看着这位少女。
而维格里奇则不耐烦地倾听着女儿。当她说完时，他耸了耸肩：
— 女人的推理，先生！女人什么都懂得解释："这样和那样，如此如彼！"

习惯于喂食婴儿粥，她们到的看到的只是粥。

我只理解一条法则和判断：要么是国王，要么是流浪汉！

要么人服从神圣的法则，为邻里效劳，为每一件好事服务，要么他不这样做。在第一种情况下，即使他是罪人，他也有价值；在第二种情况下，他甚至不值得一根绳子吊死他……我说完了。

普日耶姆斯基稍作沉思后回答道：

"您的判断是严厉而绝对的，但克拉拉小姐站在我们中间，如同一位甜美而宁静的天使，因为她就是一个天使。"

随即，他立刻抢先发问，没有给别人回答的机会，他询问维格里奇：

"您一直就做现在的工作吗，还是，就我看来，您曾从事其他职业？"

维格里奇面露不悦。

"是的，先生，一直以来，自从我十岁那年开始，我就在办公室工作。我是一个铁匠的儿子，我的父亲在这里拥有一座房子，他在那里工作。他在学校教育我，我完成了五年的课程，成为了一名办事员。但您为什么问我这个？"

普日耶姆斯基沉思片刻后，以温和的口吻说道

：

"我将坦率地向您承认，我从您身上发现了一种更高尚的思想和言辞方式……"

"比您期望的更高尚！"

维格里奇以讽刺的微笑结束了这句话。

"可能在您的雇主和朋友的家里，您不经常会遇到穷人。贫穷，先生，并不总是愚蠢的同义词……哈哈哈！"

维格里奇假装出嘲讽的笑容，但完全可以看出，客人的看法让他感到受到了奉承和高兴。

"然而，"

他继续说道，"就我而言，我的生活中存在着一些有利的环境。我娶了一位受过教育、最善良的、最好的女人！当我们相爱时，她是一名教师。她选择了我，尽管她本可以嫁给更富有的人。但她没有后悔。我们很幸福。她比我更有学识，我充分地享受了她的高贵的情操。在办公室工作之后，我们在空闲时间一起阅读，或者她为我弹奏钢琴，因为她有音乐天赋……先生，我拥有我的生活中美好而神圣的回忆，在另一个世界，我的圣女等着我，我希望尽快再次与她相聚，如果她没有留下孩子给我，我只为他们而活。我欠这位女人很多，与她一起度过了二十三年，就像二十三天一样......在她临终之际，在她还清醒时，她还说感谢我，然后吐出了最后一口气......我们平和而充满爱意地分开，同样我们将在上帝面前再次相遇......"

他用瘦骨嶙峋的手指擦拭着潮湿的眼睑，然后沉默了。

普日耶姆斯基也沉默了，低下了头。片刻后他沉思地说道：

"地球上确实存在这样的诗歌—这样的和谐和回忆......"

维格里奇讽刺地扯动嘴唇。

"如果您连您自己的经历都不知道，甚至从未见过这样的诗歌，那么......请原谅我的直言不讳：您真是太缺乏阅历了......"

普日耶姆斯基突然抬起头，惊讶地看着这位办公室职员，然后这种惊讶立刻消失了。

"是的，是的......"他说道，"贫穷和富有拥有完全不同的意义......完全不同。"

他转向克拉拉，低头看着她膝上的麻布。

"我还没有把您借给我的那本书归还给您，我甚至请求另一本同类的书，如果您有的话......"

"您想要诗歌吗？"她抬起头问道。

"是的，因为我对诗歌了解很少，而且只是表面了解......"
维格里奇打断道：
"我的妻子留给孩子们一个小图书馆，里面也有一些诗歌作品。"
然后他友好地补充道：
"克拉拉，给先生展示一下我们的图书馆，也许他会选中一些作品......"
— 它在我的房间里，— 克拉拉站起来说。
天啊！难道可以称这个小笼子为房间吗？再次是绿色的石头墙，一个窗户，头顶上两根粗壮的横梁，床、桌子、两把椅子和一个红色的玻璃橱柜！这样的房间，就有这样的图书馆。几个书架，两百本在灰色、陈旧的装订的书。普日耶姆斯基立刻站在克拉拉身后，她用手指轻触每一本书，念出作者的名字和作品的标题。
"在瑞士。""你想要这本吗？"她问道。
"好的。我去过那个国家多少次啊！......我知道这首诗；我觉得我知道，但也许不是......"
当她递给他这本已经翻烂的书时，可能已经被读过很多次，他握住她的手片刻，低声说道：
— 谢谢你为我的朋友辩护......谢谢，
有你在真好......
他们回到了餐室。

普日耶姆斯基站在克拉拉父亲面前，手里拿着帽子。

他似乎想说些什么，但犹豫了一下，思考着。

"我想"他在片刻后说道，"询问并请求您一件事情，我提前请求您的原谅，如果我......有些冒昧......"

维格里奇说道，"我请求您坦率而直接说。我们毕竟是邻居，如果我能为您做点什么......"

— 相反，"

普日耶姆斯基打断道，"我倒是想为您提供我的服务。"

他紧紧地把手放在桌子上，用更柔和、更柔滑的声音继续说道：

"是这样：您的身体状况不佳，您有两个年幼的孩子，他们仍然需要很多很多，而您的生活条件有些......不足。

另一方面，我有影响力，对奥斯卡王子有很大的影响力，他是一个非常有权势、非常富有的人......我相信，当我向他解释这件事时，王子会很乐意为您做一切可能的事情......他可以方便地帮助这个年轻的男孩的教育，并关心他的未来......在他的领地中，他可以轻松地为您找到一个工作，比您现在的工作轻松多了，不那么辛苦，收益更高......如果您允许我与王子谈论这件事......
"

他低下头，等待着。

维格里奇一开始好奇地听着，然后摇了摇头。当普日耶姆斯基停止讲话时，他抬起头，眨眨眼，回答道：

— 非常感谢您的善意，
但我不想占有王子的恩惠......不，我不想...
"为什么？"普日耶姆斯基问道。
"因为人们不应该习惯接受权贵的恩惠......我不习惯。无论我的工作是好还是不好，我始终是我自己的仆人和我自己的主人。"
普日耶姆斯基抬起头。
他蓝色的眼睛中闪烁着不满的神情。
他开始说话，比平时更加高声而且抑扬顿挫地说出这些话。
- 你看！...你自己看！...你责备王子不做善事，但当有机会对他人有益时，却不接受他的服务...
- 当然，先生，当然！维格里奇回答道，他的眼睛也闪闪发光。
- 如果我知道王子像兄弟一样帮助我，像上帝更喜欢的人帮助其他人，但对他们都一视同仁，我会接受的，毫无疑问我会接受并感

激...但王子把他的施舍扔给我就像扔骨头给狗，
而我，虽然不富有，但我不会在地上拾起骨头...
普日耶姆斯基的脸颊上泛起了淡淡的红晕。
— 这是偏见，
— 他说，
— 太自卑了... 王子并不是你所认为的那样...
维格里奇再次伸开双手。
— 我不知道，先生，我不知道！
这里没有人知道，因为没有人了解王子！
— 这就是我们争执的核心，
— 普日耶姆斯基总结道，
伸出他那双白色的修长手。
— 我请求您允许我有时间再回来...
— 我请求，我请求你
— 维格里奇非常友好地同意。
— 你打算和王子在这里待很长时间吗？
— 不久。我们很快将离开王子的庄园，
但也许会回来，在这里度过整个冬季...
说着最后几句话，他看向克拉拉；她的眼睛没
有看向他，而是看向了父亲。当客人离开后，
她扑到老人的怀里。
— 我亲爱的爸爸，我的生命，我的金子，
你做得多好啊！

她亲吻他的手和脸颊。维格里奇转过头去，做了个鬼脸。

— 够了...把我的睡衣和拖鞋给我。

我要躺下了...这次访问让我感到疲倦...

克拉拉跑去拿所需的东西，站在门口时，她听到了妹妹尖锐的声音：

— 你知道，爸爸，

普日耶姆斯基先生已经爱上她了吗？你注意到了吗，他是怎么说的："因为克拉拉小姐是天使。"他是怎么看着她的！

— 在你这个年纪不应该对这类事情下结论... — 父亲严厉地说道...

— 我不再是孩子了，

— 弗朗索矜持地回答道，

— 如果克拉拉喜欢年轻男子，

至少我可以知道她是怎么做到的...

克拉拉颤抖着的手把外套递给了父亲。

维格里奇转向弗朗索：

— 控制你的舌头，停止折磨你的姐姐。

请求上帝让你模仿她。先生称她为天使是正确的。

他走出餐室，拖鞋重重地踏着地板。

弗朗索把头巾戴在头上，跑进了缝纫房。克拉拉叫来了弟弟。

— 拿来课本，我们要重复你的算术课。

这个漂亮、圆脸、眼睛充满活力的男孩紧紧搂住她，生气地开始说：

— 弗朗索真坏！她总是惹事，刁难你！

克拉拉抚摸着男孩的额头和头发，回答道：

— 别这么说，她有一颗善良的心，

爱着我们所有人；她只是太过活泼，我们应该原谅她...

男孩紧紧搂着她，继续说道：

— 你更好，更好...

你是我的母亲，是弗朗索的母亲，是爸爸的母亲，是我们所有人的母亲！...

克拉拉笑了起来，两次亲了亲那红润的小男孩。

Ĉapitro IV

En la sekvinta tago, kiam Wygrycz en nokta surtuto kaj pantofloj faris sian sieston, Franjo estis ĉe la kudrejo kaj Klaro kun la frato sidis ĉe libroj kaj kajeroj, iu frapis delikate la pordon. Staĉjo salte leviĝis de la seĝo kaj malfermis la pordon; Klaro, levante la okulojn de la kajero, ruĝiĝis purpure.

— Eĉ se mi estus trudema, ĉi tiu rolo estas malagrabla kaj ridinda — komencis Przyjemski jam en la pordo, — mi venas ion proponi al vi. Sed antaŭe, bonan tagon! aŭ pli ĝuste: bonan vesperon! kaj demando: kial vi ne estis hodiaŭ en via laŭbo?

— Mi ne havis tempon; mi estis ĉe sinjorino Dutkiewicz, prenis de ŝi kufojn kaj petis ŝian konsilon pri mastruma afero.

— Ah! ĉi tiu sinjorino Dutkiewicz!... Kiom da tempo ŝi al vi okupas, kiom da ĉagreno ŝi kaŭzas al mi!...

— Al vi? ĉagrenon?

— Jes, jam la duan fojon mi malesperis, ne trovinte vin en la laŭbo en la kutima horo.

Ili interŝanĝis vortojn kaj senĉese rigardis sin reciproke, kvazaŭ iliaj rigardoj ne povus forlasi unu la alian.

— Sidiĝu, sinjoro, mi petas vin.

— Mi tute ne intencas sidiĝi kaj mi venis, por ke vi ankaŭ ne sidu ĉi tie. Rigardu.

Li montris la libron pruntitan hieraŭ, kiun li ĵetis en la ĉapelon, kiam li venis en la ĉambron.

— Jen estas mia propono: Ni iru en la laŭbon kaj ni legu kune „En Svisujo" Prenu vian laboraĵon, vi kudros kiam mi voĉe legos. Ĉu vi konsentas?

— Ah, tio estus rava!

Sed ŝi ekrigardis Staĉjon.

— Mi devas ripeti la lecionojn kun li...

La knabo, kiu scivole aŭskultis la interparoladon, ĉirkaŭprenis ŝin kaj komencis peti:

— Iru, Klaro, mia kara, mia ora, iru, se vi volas... Mi lernos ĉion. Granda afero la geografio! Mi lernos parkere kaj vespere mi ripetos al vi ĉion. Vi vidos, mi scios ĝin, kiel Patro nia...

— Certe, Staĉjo?

— Certe! Kiel mi amas paĉjon! Kiel mi amas vin!

Ĝojo ekbrilis sur ŝia vizaĝo, tamen ŝi flustris ŝanceliĝante:

— Sed la temaŝino?

— Mi boligos! Granda afero la temaŝino! — kriis Staĉjo kun fervoro.

— Kaj kiam la patro vekiĝos, vi alvokos min?

— Mi alvokos! Granda afero alvoki! Kaj kiam Franjo revenos, mi ankaŭ vokos, por ke ŝi ne vidu vin kun la sinjoro, ĉar se ŝi vidos, ŝi ree priridos vin.

Klaro fermis al li la buŝon per kiso. Post du minutoj ŝi iris kun Przyjemski tra la ĝardeno, tenante en la mano la korbon plena de muslino kaj pintoj.

— Vi havas ĉarman fraton — diris Przyjemski. — Mi volus kisi lin pro tio, ke li liberigis vin de la... servado. Ĉar vi estas servistino de via tuta familio... sed kion diris la kara infano? Se via fratino vidos vin kun mi, ŝi vin priridos?

Granda estis la konfuzo de Klaro. Feliĉe, en la sama momento ŝi rimarkis en la najbara parko tiel belan ludon de koloroj, ke ŝi ekkriis kun entuziasmo.

— Rigardu, sinjoro, tie en la angulo de la parko, kiel belege la suno sternas siajn radiojn en la malluma aleo... kvazaŭ tapiŝon el oraj moviĝantaj fadenoj...

— Ĉu vi estis iam en la parko?

— Ne, neniam, mi ja ne povis...

— Jen bona ideo... kial mi antaŭe ne pensis pri ĝi? Ni vizitu kune la parkon de la princo!

La propono timigis ŝin.

— Oh, ne! — ŝi ekkriis, — estas malpermesite...

Li ekridis preskaŭ laŭte.

— Se mi enkondukos vin...

Li estas prava; lia permeso egalvaloras la permeson de la princo mem.

Granda estis la tento. Kiom da fojoj, rigardante la majestajn aleojn, ŝi revis trairi ilian tutan longon, nur unu fojon en la vivo, sidi unu momenton en ĉi tiu maro de verdaĵo, kies supraĵon sulkigas ombroj kaj lumoj! Sed ŝia maltrankvilo daŭris. Ŝanceliĝante ŝi haltis antaŭ la laŭbo.

— Kaj se ni renkontos...

— Kiun?

— La princon!

Przyjemski ekridis ree tiel laŭte, kiel ŝi neniam aŭdis lin ridi.

— Li ne estas hejme; li foriris samtempe kun mi... — li certigis.

— Eble pli bone estos en la laŭbo?...

Sed li diris:

— Mi petas vin: kredeble jam de longe vi deziras viziti la parkon, kaj plenumo de via deziro estos feliĉo por mi. Vi petis la falantan stelon pri ekskurso en ĉi tiu somero en la arbaron... Eble promeno en la parko anstataŭos la revatan... Ne rifuzu al mi...

Ŝi estus povinta kontraŭbatali la tenton viziti la parkon mistere allogan, sed ŝi cedis al lia peto.

— Bone, ni iru, — ŝi diris obee.

— Bravo! — ekkriis Przyjemski.

Ili ambaŭ havis mienojn de petolantaj infanoj, tiel ili estis gajaj kaj ridemaj.

Per rapidaj paŝoj, preskaŭ kurante, ili trairis la spacon, kiu disigis ilin de la parka pordo, kaj eniris la grandan aleon, sur kies ambaŭ flankoj staris jarcentaj arboj. La dikaj trunkoj kaj la sennombraj folioriĉaj branĉoj formis kvazaŭ du murojn. La sunaj radioj traboris la verdaĵon kaj oris la foliojn. Nigra strio de tero ĉe la malsuproj de la dikaj trunkoj estis kovrita de reto, kies maŝoj estis oraj, neegalaj kaj moviĝemaj.

Klaro eksilentis, malrapidigis la paŝojn. La rideto malaperis de ŝiaj lipoj. Przyjemski rigardis kun plezuro ŝian vizaĝon.

— Kiel impresebla vi estas!... — li diris mallaŭte. Ŝi ne respondis, paŝante kvazaŭ en preĝejo, delikate, preskaŭ sur la fingroj, apenaŭ tuŝetante la teron.

Silente ili trairis la aleon paralela al la ĝardeno, kie staris la dometo kovrita de fazeolo. Sed kiam ili venis al alia aleo, same majesta kiel la ĉefa, nur malpli longa, Klaro kvazaŭ vekiĝis:

— Ni ne iru pli malproksimen, — murmuretis ŝi.

— Kontraŭe, ni iru! — li insistis. — Se ĉi tiu aleo kondukus ĝis la fino de la mondo, mi irus kun vi kaj mi ne demandus, kiam ĝi finiĝos.

— Sed ĉar ĝi ne kondukas al la fino de la mondo, sed rekte ĝis la palaco... — diris Klaro, provante ŝerci.

— Tute ne — interrompis Przyjemski, — de ĝia fino ĝis la palaco estas ankoraŭ kelkaj centoj da paŝoj, kiujn okupas florĝardeno. Ni iru al la floroj...

Klaro haltis. Ŝi ne komprenis la motivon de la maltrankvilo, kiun ŝi sentis, sed influata de ĝi, ŝi diris decideme:

— Mi eksidos ĉi tie... sur ĉi tiu herbaĵa benko... Bela benko, belega loko!

La herbaĵa benko estis tre malalta kaj tiel mallarĝa, ke apenaŭ du personoj povis sidi tie. Brancôriĉa arbo ombris ĝin, kaj antaŭ ĝi kuŝis herba, velura tapiŝo.

Izolita estis la loko. Alta muro de verdaĵo kaŝis de la rigardoj la palacon kaj ĝardenon. Inter du trunkoj oni vidis herbaron, sur kiun la subiranta suno verŝis siajn oblikvajn radiojn. Malproksime, ĉe la fino de la aleo, la florĝardeno kontrastis la verdan fonon, kiel hela multkolora makulo. Silento regis ĉirkaŭe. Nur la birdetoj pepis inter la branĉoj kaj de tempo al tempo flava folio falis teren.

La silenton interrompis ekkrio de Klaro. Sidiĝante sur la benkon, ŝi ekvidis la florĝardenon; ŝi ekkriis, brubatante la manojn:

— Dio! kiom da floroj! kiel belegaj ili estas!

Przyjemski prenis el ŝia mano la korbon kaj metis ĝin apude sur la benkon. Ĝojo ekbrilis sur lia vizaĝo, kiam li petis:

— Restu momenton sola ĉi tie. Mi tuj revenos.

Mi nur petas vin: timu nenion kaj ne foriru... Mi tuj revenos!

Li foriris al la palaco per rapidaj paŝoj.

Klaro sekvis lin per sia rigardo. Renkonte al li kuris juna knabo en livreo kun metalaj butonoj, supozeble ĝardenisto aŭ lakeeto. Przyjemski ion diris al li kun ordona gesto. Kiam la knabo rapide forkuris, Przyjemski ankoraŭ unu fojon sin turnis al li, kriante, tiel laŭte, ke ŝi klare aŭdis:

— Plej rapide!

Li revenis al ŝi kaj staris, tenante en la mano la ĉapelon kaj libron. Klaro sulkigis sur fadeno dikan pinton por ornami kufon, kiu kuŝis sur ŝiaj genuoj.

— Ĉu ĝi estas kufo de la sinjorino... vidvino de la veterinaro?

— De sinjorino Dutkiewicz, — ŝi korektis, — jes, de kelkaj jaroj nur mi liveras ilin al ŝi...

— Ĉu vi nenion diros al mi pri la persekuto minacanta vin de via fratineto? Staĉjo ja promesis gardi vin...

Konfuziĝinte, ŝi ne levis la kapon.

— Franjo ne estas tre laborema en la kudrejo — ŝi diris kvazaŭ devigite, — oni tie ne estas kontentaj. En la urbo ŝi koniĝis kun personoj, kiuj malbone ŝin influas...

— Ŝiaj buŝo kaj rigardo montras personon kaprican kaj malpaceman... Ŝi kredeble kaŭzas al vi multajn suferojn...

— Tute ne, mi certigas vin! — ekkriis vive Klaro, — ŝi estas tre bona, ora koro. Nur unu afero ĉagrenas min, ke ŝi ne amas kudradon. Tamen ŝi nepre devas ellerni metion, por havi poste pecon da pano. Ni decidis, patro kaj mi, ke ŝi estu modistino. Kion ni povus plu? Sed kiel forigi la malbonajn influojn, jen estas demando, kiu nin tre ĉagrenas.

Ŝi parolis, ne ĉesante kudri, ne levante la kapon. Li aŭskultis atente, sed ne sidiĝis kaj ĉiumomente rigardis al la florĝardeno, kvazaŭ ion atendante. Fine li ekvidis la knabon en livreo kuranta kun granda bukedo. Przyjemski rapidis al li.

Klaro levis la kapon kaj vidis, ke Przyjemski prenas el la manoj de la knabo la florojn. Metinte la manon kun la bukedo malantaŭ la dorson, li rapide revenis. Diveninte, ke la floroj estas por ŝi, Klaro faris vivan movon; la kufo kaj la pintoj falis de ŝiaj genuoj teren.

Przyjemski, kiu jam estis kelke da paŝoj de ŝi, rapide proksimiĝis, fleksis unu genuon kaj, levante per unu mano la falintajn objektojn, per la alia etendis al ŝi la bukedon.

Unu momento, unu movo, unu rigardo en ŝiajn okulojn, kaj ree li staris antaŭ la knabino, kiu kaŝis la purpuran vizaĝon en la bukedo.

La floroj, rapide deŝiritaj, senarte kunigitaj, belegaj, variaj kaj bonodoraj.

Ilia ebriiga odoro, iliaj brilaj koloroj konfuzis la imagon, koron kaj sentojn de Klaro en momento, kiam la bela viro genuis antaŭ ŝi kaj rigardis en la profundon de ŝiaj okuloj.

Li, ankaŭ tre kortuŝita, rapide trankviliĝis.

— Kaj nun — li diris sidiĝante ĉe ŝia flanko, — ni forgesu ĉiujn hejmajn zorgojn, ĉion malbonan, malgrandan, ĉion doloran kaj ni transiru en pli bonan mondon!...

Per tonoriĉa kaj lerta voĉo li komencis legi:

De kiam ŝi flugis per sonĝo la ora,
Mi svenas, sopire sekiĝas, dolora;
Ne scias mi, kial l'anim' al ĉieloj
Ne flugas el cindroj post ŝi, al anĝeloj?
Pro kio ne flugas al mondo alia,
Al tiu savita, amata la mia!
[„En Svisujo" de I. Slowacki, traduko de A. Grabowski.]

Flugis la momentoj. Flavaj kaj rozaj folioj falis de la arboj.

La oblikvaj sunaj radioj fariĝis pli kaj pli mallongaj, la malgrandaj oraj rondoj sur la nigra tero — malpli larĝaj kaj malpli multenombraj. Klaro ĉesis kudri. Metinte la manojn sur la genuojn, ŝi aŭskultis, kaj ŝiaj pupiloj ore brilis.

Li legis:

Ŝi flamis kiele fumilo de mirho, —
Ke mem ŝi ne scias pri flam', estis vida;
Profunda fariĝis l' okula safiro,
Kaj l' ond' de l' blankeco sur brust' pli rapida...

Pli rapida fariĝis ŝia spirado. Ĉu tio estas sonĝo?
Ĉu ŝi jam mortis kaj estas en la paradizo? El ŝia
bukedo flugas ebriiga odoro kaj proksime de ŝi la
bela voĉo legas:

Moment' estas, antaŭ ol luno eliras:
La najtingalar' eksilentas la kanta,
Kaj pendas folioj sen mov' bruetanta,
Kaj fontoj herbejaj mallaŭte pli spiras...

Sen murmureto falis de la arboj la folioj, ĉie regis
kvieto, la krepusko jam komencis sterni sian
kovrilon. Li legis:

En tia momento ah! ploras du koroj!
Se ion pardoni nur havas — pardonas,
Se ion forgesi — forgesas memoroj!

Pasis la minutoj; proksimiĝis la fino de l'poemo.
La delogita amatino „flugis per sonĝo la ora", la
amato, konvinkita ke ŝi „venis el ĉielarko", ploras
ŝian perdon.

Kaj fluas fontan', najtingala ar' ĝemas,
Pri ŝi ili diras — mi kore ektremas
Kaj preĝas pri morto en fru', malespere...

Li levis la rigardon de la libro kaj direktis ĝin al la vizaĝo de la kunulino. Du grandaj larmoj brilis sur la okulharoj de Klaro.

La juna homo etendis delikate la brakon kaj kovris ŝian manon per sia. Klaro ne forigis sian manon; du grandaj larmoj fluis de la okulharoj sur la rozajn vangojn.

— Ĉu ili estas larmoj de bedaŭro, aŭ de feliĉo? — li demandis tre mallaŭte.

Post momenta silento ŝi respondis apenaŭ aŭdeble:
— De feliĉo!

Ŝi estis plena de feliĉo kaj samtempe de stranga doloro. Subite ŝi eksentis, ke brako delikate ĉirkaŭprenas ŝian talion. Malaperis la sonĝo. Kun sento de feliĉo kaj doloro kuniĝis konfuzo. Timigite, Klaro ŝovis sin ĝis la fino de la benko kaj ne levante la palpebrojn, rapide, senorde ŝi ĵetis en la korbon la muslinon kaj la puntojn.

— Mi jam iros hejmen, — ŝi flustris.

Li sidis kliniĝinta kun la kubuto sur la genuo kaj apogis sur la manplato la frunton, same ruĝiĝintan kiel ŝiaj vangoj. Liaj delikataj naztruoj jen larĝiĝis, jen kuntiriĝis, lia mano ĉifis nerve la muslinon.

Tio ne daŭris longe.

Li trankviliĝis, remetis sian manon sur ŝian kaj diris preskaŭ ordone:

— Vi ne iros ankoraŭ, ĉar ni ankoraŭ ne finis la poemon.

La unuan fojon, de la tempo kiam ŝi konis lin, despota tono eksonis en lia voĉo. Tenante ŝian manon en la sia, kaj rigardante teren, li ekmeditis kaj mordetis la malsupran lipon. Post momento li lasis ŝian manon kaj ekparolis pli delikate:

— Mi rememoris ion, kio post la belega poemo „En Svisujo" sonos kvazaŭ grinco post anĝela kanto. Kion fari? Mi devas ĝin komuniki al vi. Ni kune aŭskultis la anĝelan kanton, ni kune aŭdos la grincon. Kial mi sola devus aŭdi ĝin?

Ironia fariĝis la esprimo de liaj lipoj, la sulko inter la brovoj pli profundiĝis. Post momenta silento li daŭrigis.

— Antaŭ kelkaj tagoj mi trovis en la ĉambro de mia amiko polan tradukon de ama poezio de Heine. Mi neniam antaŭe legis ĝin en traduko. Mi rigardis la libron, mi komencis legi. La traduko estas tre bela, tre bela, Mi havas tre bonan memoron; hieraŭ mi diris al vi parkere unu strofon, nun mi diros alian. Aŭskultu atente.

Kliniĝinta al ŝi, apogante la vizaĝon sur la manplato kaj rigardante en la profundon de ŝiaj okuloj, li deklamis malrapide kanton de Heine:

Junul' junulinon ekamis,
Lin ŝia ekamis anim',
Sed la reciprokan konfeson,
Haltigis ilia estim',...

Kaj kiam for ili disiris,
Funebro en ambaŭ la kor',
Ne sciis eĉ unu pri dua
En lasta de l'vivo la hor'...

— Rimarku bone... ili amis unu la alian, sed „ne sciis eĉ unu pri dua en lasta de l'vivo la hor'" ĉar „la reciprokan konfeson haltigis ilia estim'" Ĝi estas grinco kaj disonanco. Nobla amo estas bazita sur la estimo, sed la estimo estas haltigilo de la amo. Nenio en la mondo estas simpla kaj facila, ĉio estas komplikita kaj ĉirkaŭita de malhelpoj. Vi ne volas plu forkuri? Ĉu ni finos legi „En Svisujo"? Mi estas danka al vi, ke vi konigis al mi la poemon! La pli grandan parton de mia vivo mi pasigis en eksterlando, mi legis nur fremdajn verkojn. Sed nia literaturo ankaŭ estas belega!... Mi multon lernis de vi...

Malgraŭ la kortuŝiĝo ŝi ekridis kore.

— Vi? de mi? Granda Dio! Kion mi povas instrui al iu ajn? Nur Staĉjon mi instruis legi kaj skribi...

— Mi eble klarigos al vi poste, kion vi instruis al mi... nun ni finu la poemon. Kaj ree li legis:

La pens', revenante pasinton sen fino,
Ne scias, en kia pentradi sin formo...

Flugis la momentoj; aŭskultante Klaro kudris, sed malrapide kaj malrekte.

La leganta voĉo eksilentis. Sur la herbaro malantaŭ la arboj ne estis plu la oraj strioj, la ora reto malaperis de la nigra tero. Nun la okcidentaj lumoj brilis sur la pintoj de la arboj kvazaŭ rozaj torĉoj kaj kandeloj. Malsupre jam noktiĝis; la bela florĝardeno ŝajnis nun griza; nur la blankaj floroj estis ankoraŭ klare videblaj.

Klaro rigardis la kufon jam ornamitan per puntoj.

— Mia Dio! — ŝi ekkriis, — kion mi faris?

— Ĝi estas malrekte kudrita! — diris Przyjemski ridetante.

— Tute malrekte! Ĉu vi vidas? Tie ĉi estas tre multe da faldoj kaj tie ili mankas; tie ĉi ili proksimiĝas al la rando, tie supreniras...

— Katastrofo! Ĉu vi ĝin malkudros?

— Kompreneble, sed la malfeliĉo ne estas granda. Post duonhoro ĉio estos en ordo.

— Ne eblas servi al du sinjoroj... Vi volis servi al la prozo kaj al la poezio; la prozo venĝis sin.

Ŝi levis al li la okulojn.

— Alia estas mia opinio. Ŝajnas al mi, ke ĉiu laboro, eĉ la plej proza, enhavas iom da poezio. Tio dependas de niaj intencoj.

— De la motivoj — li korektis. — Vi estas prava. Sed pro kia motivo vi ornamas la kufojn de sinjorino Dutkiewicz?

— Ĉar mi ŝin amas, mi estas danka al ŝi; krome, en tia kufo ŝi estas ĉarma, aminda maljunulino.

— Granda feliĉo estas ami sinjorinon Dutkiewicz! — li diris kun ĝemo.

— Kial? — ŝi demandis.

— Ĉar oni povas estimi sinjorinon Dutkiewicz kaj diri, ke oni ŝin amas, dum en aliaj okazoj oni devas estimi kaj silenti, aŭ paroli malŝatante la estimon... „Sed la reciprokan konfeson haltigis ilia estim'...“

Li ne finis, ĉar de malproksime, el la najbara ĝardeno eksonis la vokoj de Staĉjo:

— Klaro! Klaro!

Ne trovinte la fratinon en la laŭbo kaj ne sciante, kie ŝi estas, li kriis pli kaj pli laŭte. Klaro prenis la korbon kaj salte leviĝis de la benko.

— Kaj miaj floroj? — rememorigis Przyjemski, — vi ne prenos ilin?

— Mi prenos, dankon — ŝi respondis, prenante la bukedon, kiun li momenton tenis kun ŝia mano en sia.

Fulmoj ekbrilis en liaj okuloj, la moviĝemaj naztruoj ree larĝiĝis post kelkaj sekundoj li mallevis la manon kaj iris en la aleo kelke da paŝoj malantaŭ la knabino. Sur la vojturniĝo li demandis:

— En kia horo vespere vi finas la hejman laboron?

— En la deka — ŝi respondis; — la patro kaj Staĉjo tiam jam dormas, ankaŭ Franjo preskaŭ ĉiam.

— Kiam ili ekdormos kaj vi estos libera de la... servado, venu en la ĝardenon aŭskulti muzikon. En la deka horo mi komencos kun mia amiko ludi por vi. Ĉu vi tion deziras?

— Mi dankas vin! — ŝi respondis kaj ekstaris ĉe la pordeto de la krado, en la malluma ombro de la arboj.

— Bonan nokton al vi, sinjoro.

Li prenis ambaŭ ŝiajn manojn kaj momenton rigardis ŝin, mallevinte la kapon

— Ludante, — li flustris, — mi pensos pri vi, mi vidos en mia imago vin staranta ĉe la krado kaj aŭskultanta la muzikon. Tiamaniere niaj animoj estos kune...

Li rapide levis ambaŭ ŝiajn manojn kaj kisis unu post la alia.

Pasis unu horo. Wygrycz, sidante sur la mallarĝa kanapo kaj trinkante teon, admiris kun videbla plezuro la belajn florojn en argila vazo sur la retotuko. Li senĉese flaris kaj karesis ilin. Precipe plaĉis al li la verbenoj. „Kvazaŭ steletoj!" — li diris kun rideto, kiu nun perdis sian tutan maldolĉecon.

Klaro lumigis la lampon, preparis teon por la patro, verŝis lakton al Staĉjo, zorgis pri ĉio babilante, preskaŭ pepante.

Ŝi rakontis, ke ŝi estis en la princa parko, ke ŝi legis tie kun sinjoro Przyjemski „En Svisujo", ke li donis al ŝi la florojn, ke ŝi vidis de malproksime la florĝardenon antaŭ la palaco, sur la fono de la verdaĵo de la parko.

Ŝia tuta persono radiis de ĝojo; ŝiaj movoj fariĝis graciaj, nervaj. Ŝi ne povis resti sur sama loko, ŝi sentis bezonon iri, kuri, paroli, eligi la troon da vivo, kiu bolis en ŝi. Iafoje ŝi eksilentis en la mezo de la frazo kaj staris senmova, mutiĝinta; ŝiaj rigardo kaj animo estis aliloke.

Wygrycz ne rigardis ŝin atente, li jen aŭskultis ŝiajn vortojn, jen meditis; lia vizaĝo estis nek malgaja, nek maldolĉa: kontraŭe, petola rideto eraris sur liaj sensangaj lipoj.

Franjo, kiu ĵus revenis kaj aŭskultis la rakonton de la fratino, diris per sia akra voĉo:

— Atendu nenion, ĉar estos nenio! Sinjoro Przyjemski enamiĝis, jes, sed mi dubas, ĉu li edziĝos kun Klaro. Li estas por ŝi tro granda sinjoro... Tiaj sinjoroj nur delogas malriĉajn knabinojn kaj poste forlasas ilin.

Wygrycz tuta ektremis.

— Silentu! malgranda vipuro! — li kriis; — vi ĉiam pikas la fratinon! kiu parolis al vi pri amo aŭ edziĝo?

Li forte ektusis.

Ambaŭ fratinoj rapidis al li, alportis akvon, teon, pastelojn, sed kvankam la atako ne longe daŭris kaj Franjo, riproĉata de sia konscienco, fariĝis tre karesema por la patro kaj fratino, la gajeco de Klaro malaperis, kiel flamo de kandelo sub blovo.

Certe, ŝi sciis; ke junaj knabinoj, se ili amas kaj estas amataj, edziniĝas. Sed ŝi pensis tre malofte pri tio kaj en la nuna okazo ŝi pri tio ne pensis eĉ unu momenton. Vidi sinjoron Przyjemski kaj paroli kun li estis la superlativo de ŝiaj deziroj. La fratino maldelikate deŝiris la virgan vualon, kovranta la revojn de ŝia koro. En ŝia cerbo, kiel muŝo en aranea reto, skuiĝis la vortoj de Franjo: „Li estas tro granda sinjoro por ŝi." Klaro ĉiam sentis lian superecon en la instruiteco kaj eleganteco. Krome, kvankam li estis nur la unua el la princaj servistoj, kompare kun ŝi li estis granda sinjoro. Li nomis la princon sia amiko, li mastrumis en la princa domo, kvazaŭ en sia. Kiu scias, eble li estas riĉa! La lasta supozo plej multe ĉagrenis ŝin.

Sur la fundo de sia koro ŝi sentis, ke kvankam kompare kun li ŝi estas malriĉa, modesta knabino, nenio nevenkebla apartigis ilin.

— Se li nur amas min... ŝi pensis. En ŝia koro kantis la magia vorto: „Li amas! li amas!" Kiam ŝia patro foriris en sian ĉambron legi ĵurnalon, pruntitan de oficeja kolego, kiam Staĉjo jam ekdormis kaj Franjo sin senvestigis.

Klaro kuris sur la balkonon.

La vespero estis varma, sed nuba. Neniu stelo brilis sur la ĉielo; des pli helaj ŝajnis la fenestroj de la palaco. La vento jen blovis de la nuboj, jen tute ĉesis. Subite ĝi ekblovis pli forte kaj disportis en la du ĝardenoj ondon de muzikaj tonoj.

Malantaŭ la altaj, mallarĝaj lumaj fenestroj la fortepiano kaj violonĉelo ludis muzikon solenan kaj seriozan.

Klaro trakuris la ĝardenon kaj haltis ĉe la krado apud la siringa laŭbo. Apogita al la krado ŝi aŭskultis kaj ĉesis pensi pri io ajn. Neesprimebla plezurego plenigis ŝian animon. La nuba nokto, la fenestroj brilantaj alte en la mallumo, la ĝemoj de la vento, la fluo de solenaj tonoj, formis unu estetikan tuton. Sed ĉiujn sentojn superregis en ŝi kortuŝiĝo, dankemo, pasia celado de ŝia animo al ĉi tiuj brilaj fenestroj, similaj al la pordoj de la paradizo, tra kiuj venis lumo kaj anĝela harmonio. Kun la okuloj levitaj al la helaj punktoj, ŝi rigardis kaj aŭskultis, rememorante la vortojn: „Niaj animoj estos kune!" Kiel prava li estis! La muziko estis lia animo, kiu malleviĝis al ŝi kaj karesis ŝin per dolĉa, bruliga ĉirkaŭpreno.

Ŝi kovris la vizaĝon per la manoj kaj rapide spirante ensorbis la muzikajn tonojn, pensante, ke ŝi ensorbas lian animon. La kvaronhoroj pasis. Subite ĉio silentiĝis.

En la palaco oni ĉesis ludi, sed post kelkaj minutoj eksonis muziko pli mallaŭta, kvazaŭ pli malproksima, ĉar la violonĉelo eksilentis, la fortepiano kantis sola. Ĝia kanto daŭris sufiĉe longe, la violonĉelo silentis. Subite en aleo ĉe la krado eksonis mallaŭta paŝado. Klaro rektiĝis, ektremis. Trans la krado, kontraŭ ŝi staris alta viro, eleganta kaj gracia eĉ en la mallumo. Li prenis ambaŭ ŝiajn manojn en siajn kaj flustris:

— Mi nepre devis vidi vin hodiaŭ ankoraŭ unu fojon. Ludante, mi pensis senĉese: „Mi iros al ŝi!" Mi lasis la violonĉelon kaj diris al li: „Ludu, ludu seninterrompe!" ĉar mi volis kun vi paroli, akompanata de muziko. Kia nuba nokto! kiel siblas la vento! La tonoj de la muziko kune kun la bruo de la vento formas iajn aerajn arabeskojn. Ni aŭskultu.

Li premis ŝiajn manojn pli kaj pli forte, li proksimigis sian kapon al ŝia. Momenton ili staris tiamaniere, aŭskultante. La melankolia kaj pasia kanto kuniĝis kun la bruo de la vento, kiu blovis de la nuboj kaj kune kun ĝi revenis al la nuboj. La muziko fluis en la silentan mallumon de la parko.

— Ĉu mi bone faris, ke mi venis? Mi devis vin vidi kaj adiaŭi por la tuta morgaŭa tago. Hodiaŭ, tuj, venos mia onklo kaj ni forveturos al li por tuta tago... Mi revidos vin nur postmorgaŭ. Ĉu mi bone faris, ke mi venis, hodiaŭ por unu momento? Ĉu mi bone faris?

Preskaŭ senkonscia, ŝi flustris:

— Oh, bone!

Li altiris ŝin, tiel, ke ŝi tuta kliniĝis al li, kaj flustris:

— Iru al la pordeto en la krado, mi ankaŭ iros tien, ni renkontos unu la alian, ni promenos en nia aleo, ni eksidos sur nia benko...

Ŝi nee skuis la kapon kaj flustris petege:

— Ne... Ne petu min... oh, ne petu min... ĉar... mi iros...

Per kolera movo li forpuŝis ŝin, sed post sekundo li ree altiris ŝin al sia brusto.

— Vi estas prava, ne iru! Mi dankas vin, ke vi ne iris! Apartigu nin la ĉirkaŭbaro... Sed ne fortiru la kapon... proksimigu ĝin... klinu ĝin... Jes, tiamaniere, mia kara!

Ŝia kapo kuŝis sur lia brusto. En mallumo jen silenta, jen brua de la venta siblado, la fortepiano kantis, sopiris, amis... La vizaĝo ĉe ŝia vizaĝo, la rigardo en ŝiaj okuloj, li demandis:

— Ĉu ci amas min?

Kelke da sekundoj ŝi silentis; poste, kvazaŭ plej mallaŭta blovo, el ŝia ekstaze malfermita buŝo eliĝis flustro:

— Mi amas!

— Oh, mia plej amata!

En la sama momento okazis io eksterordinara.

Jam de kelkaj minutoj homa figuro aperis el la mallumo kaj kelkfoje jen proksimiĝis mallaŭte al la parolanta paro, jen time foriris. Ĝi estis homo en vesto kun metalaj butonoj, kiuj bruis sur lia brusto kaj manikoj ĉiufoje, kiam li estis en malpli densa ombro. Li ne povis aŭdi la flustron de la paro, eble li eĉ ne vidis la virinan silueton malantaŭ la vira figuro, sed la lastan li rekonis bone kaj kelke da minutoj li rondiris ĉirkaŭ ĝi, ne sciante, kion fari.

Ĉe la krado la viro kliniĝinta al la virina kapo kuŝanta sur lia brusto, flustris:

— Rigardu min! ne kaŝu vian buŝon... Vane, vane!... Mi ĝin trovos, mi havos ĝin...

En ĉi tiuj vortoj, kvankam ili estis diritaj tre mallaŭte, sonis paroksismo pasia de homo, kutiminta venkadi.

Kelke da paŝoj malantaŭ li voĉo timema kaj respektoplena, sed klara, diris:

— Via princa moŝto!...

La viro ektremis de la kapo ĝis la piedoj, mallevis la manojn kaj turninte sin al la voĉo, demandis:

— Kion?

— La onklo de via princa moŝto venis kaj ordonis serĉi ĉie vian princan moŝton...

Nur nun tiu, al kiu oni diris ĉi tiujn vortojn, komprenis ĉion. Kun kolera gesto kaj per voĉo tremanta de ekscito li ekkriis:

— For!

En la aleo ekkraketis rapide forkurantaj paŝoj. Li ree turnis sin al la knabino, kiu malantaŭ la krado staris rigida, ŝtoniĝinta.

Provante ekrideti, li komencis paroli.

— Ĉio malkovriĝis! Malbenita lakeo!... Ne koleru, mi agis tiamaniere por ne timigi vin...

Kun larĝe malfermitaj okuloj ŝi ekflustris:

— Vi... la princo?

En ŝia flustro estis io preskaŭ freneza.

— Jes, sed ĉu tial...

Li provis ree kapti ŝiajn manojn. Sed ŝi levis ilin al la kapo, dronigis en la haroj. Ŝia laŭta, malespera ekkrio plenigis la du ĝardenojn. Ŝi forkuris terurita kaj malaperis en la mallumo.

第四章

当维格里奇穿着睡衣和拖鞋做午睡时，弗朗索在缝纫房，克拉拉和弟弟坐在书和课本旁，有人轻轻敲门。斯塔奇奥从椅子上跳起来打开了门；克拉拉抬起头从课本上看了起来，脸变得通红。

— 即使我是一个多管闲事的人，这个角色也是令人不快和可笑的，

— 普日耶姆斯基在门口开始说，

— 我来给你提出一个建议。但在此之前，祝你好！或者更准确地说：晚上好！还有一个问题：你为什么今天没在你的草地上呢？

— 我没时间；我在杜特基维奇女士那里，拿了一些包裹，并向她请教了一些家务事务。

— 啊！这个杜特基维奇女士！… 她占据了你多少时间，给我带来了多少烦恼！…

— 给你？烦恼？

— 是的，这已经是第二次我感到绝望了，因为我在惯常的时间在草地上找不到你。

他们互相说了一些话，并不断地互相凝视，仿佛他们的目光无法离开对方。

— 请坐下，先生，我请求您。

— 我根本不打算坐下，我来是为了让您也不要坐在这里。看看。

他指向昨天借来的书，他当时进来时把它放进了帽子里。

— 这是我的建议：我们去草地，

一起读"在瑞士"。拿上你的手工，你可以一边缝纫一边我大声朗读。你同意吗？

— 啊，那将会很美好！

但她转向斯塔奇奥。

— 我必须跟他重复功课…

那个好奇地听着他们对话的男孩搂住她，开始请求：

— 去吧，克拉拉，我的亲爱的，我的好姐姐，去吧，如果你愿意… 我会学会一切的。地理是一件大事！我会牢牢记住，晚上我会向你复述一切。你会看到，我会像背《主祷文》一样熟悉它…

— 当然，斯塔奇奥？

— 当然！我是多么爱爸爸！我是多么爱你！

喜悦在她的脸上闪现，然而她颤抖地低声说道：

— 但是烧茶壶呢？

— 我会点火！烧茶是一件大事！— 斯塔奇奥充满热情地喊道。

— 当爸爸醒来时，你会叫我吗？

— 我会叫的！叫人是一件大事！而且当弗朗约回来时，我也会叫你，这样她就不会看到你和先生在一起，因为如果她看到了，她会再次责骂你。

克拉拉以一个吻关闭了他的嘴。 两分钟后，她和普日耶姆斯基走过花园，手里拿着装满绸缎和图钉的篮子。

"你有一个可爱的兄弟，"普日耶姆斯基说。 "我想亲吻他，因为他把你从…奴役中解放出来。因为你是整个家族的女仆…但亲爱的孩子说了什么呢？如果你的妹妹看到你和我在一起，她会笑话你吗？"

克拉拉感到非常困惑。幸运的是，她同时发现邻近公园里如此美丽的色彩变化，以至于她兴奋地叫了起来。

"先生，请看，公园的角落里，太阳如何美丽地在黑暗的小巷中闪耀它的光芒…就像一个由金色移动的线条制成的地毯…"

"你曾经过这个公园里吗？"

"没有，从未，我不能…"

"这是一个好主意…为什么我之前没想到呢？让我们一起去王子的公园！"

这提议让她感到害怕。

"哦，不！"她尖叫道，"那是被禁止的…"

他几乎大声笑了起来。

"如果我带你进去…"

他是对的；他的许可相当于王子的许可本身。

诱惑是巨大的。多少次，看着那雄伟的林荫大道，她梦想着穿过它们的整个长度，只有一次在生命中，坐在这片绿色汪洋中的一刻，那里的表面起伏着阴影和光芒！但她的不安持续着。犹豫不定地，她停在树荫前。

"如果我们遇到…"

"谁？"

"王子！"

普日耶姆斯基再次开心地笑起来，她从未听到他笑得那么大声。

"他不在家；他和我同时离开的…"他保证道。

"也许在这里树荫下更好？…"

但他说：

"我请求您：您可能早就想参观这所公园了，而且您的愿望实现将是我的幸福。 您曾向流星许愿在这个夏天去森林远足…也许在公园散步会取代您梦寐以求的…不要拒绝我…"

她本来可以对抗访问那个神秘吸引的公园的诱惑，但她屈服于他的请求。

"好，我们去吧，"她顺从地说道。

"太棒了！"普日耶姆斯基大声喊道。

他们俩都带着顽皮孩子般的表情，他们欢乐地笑着。

他们快步前行，几乎是跑着穿过将他们与公园大门隔开的空间，走进那条两侧都有百年老树的大道。粗壮的树干和无数的叶繁枝茂形成了两堵墙一样。阳光穿透绿叶，点缀着金色的叶子。黑色的地面在浓密的树干下被一张网覆盖，网眼是金色的，不规则的，随风摇动。

克拉拉安静下来，慢下了脚步。笑容从她的嘴唇上消失了。　　普日耶姆斯基高兴地看着她的脸。

"你是多么令人印象深刻啊！"　他低声说道。她没有回答，像在祈祷中一样走着，温柔地，几乎踮着脚尖，几乎没有触碰到地面。

他们默默地穿过了与花园平行的大道，那里有一座被茄克豆覆盖的小屋。但当他们来到另一条大道时，同样壮丽如主要大道，只是稍短一些时，克拉拉仿佛醒来了：

"我们不要走得太远，" 她低声说。

"相反，我们继续走！" 他坚持道。"如果这条大道通往世界的尽头，我会跟着你走，我不会问它何时结束。

"但因为它没有通往世界的尽头，而是直通宫殿..." 克拉拉说着，试图开玩笑。

"完全不是这样"，普日耶姆斯基打断道，"从这里到宫殿还有几百步，中间都是花园。让我们去花园吧..."

克拉拉停下脚步。她不明白自己为什么感到不安，但确实觉得不得劲，她果断地说：

"我会坐在这里... 在这个草坪长椅上... 这是一个美丽的长椅，一个美妙的地方！"

草坪长椅非常低矮，如此狭窄，以至于几乎只能容纳两个人坐在上面。一棵枝繁叶茂的树为其遮荫，前面的一层草地似乎人为铺就的，像丝绒一样柔软。

这个地方很隐蔽。一道高墙的绿叶遮挡着宫殿和花园的视线。在两根树干之间，可以看到一片草地，夕阳斜射下来。远处，在大道的尽头，花园与绿色的背景形成鲜明对比，如一片明亮多彩的斑点。周围静悄悄的。只有鸟儿在树枝间叽叽喳喳，偶尔一片金黄的叶子落在地上。

克拉拉的尖叫声打破了沉默。坐在长椅上，她看到了花园；她激动地喊道，拍着双手：

"天哪！多少花儿！它们多美丽啊！"

普日耶姆斯基从她手中拿过篮子，放在长椅旁边。他的脸上闪现出喜悦，他请求道：

"待一会儿，一个人呆在这里。我马上回来。我只请求你：不要害怕，不要离开…   我马上回来！"

他快步走向宫殿。

克拉拉用目光跟随着他。一个身穿金属钮扣制服的年轻男孩向他跑来，可能是园丁或仆人。普日耶姆斯基做了一个有序的手势对他说了些什么。当男孩迅速跑开时，普日耶姆斯基还一次转身对他喊道，声音如此响亮，以至于她清楚地听到：

"更快一点！"

他回到她身边，手里拿着帽子和书。克拉拉用细线在围裙上的一个花边上别了一根细针，这个围裙放在她的膝盖上。

"这是兽医寡妇的围裙吗？"

"杜特凯维奇夫人的，"她纠正道，"是的，是我这几年送给她这些东西的…"

"你是不会告诉我关于你小妹妹追逐你，威胁你吗？你弟弟史塔奇约曾经答应保护你…"

她感到困惑，没有抬起头来。

"弗朗茨在裁缝店工作并不努力，" 克拉拉不情愿地说道，"那里的人们对她不满意。在城里她结识了一些对她产生不好影响的人…"

"她的嘴和眼神显示出一个任性和不易相处的人… 她可能给你带来很多痛苦…"

"绝对不是，我向您保证！"克拉拉激动地喊道，"她是一个非常善良、热心的人。只有一件事让我担心，她不喜欢缝纫。但她必须学一门手艺，以后能有份工作谋生。我们决定，我父亲和我，让她成为一名帽子匠。我们还能做什么呢？但如何消除不良影响，这是一个让我们非常困扰的问题。"

她一边说着，一边继续缝纫，头也没有抬起来。他认真听着，但没有坐下来，不时地看向花园，似乎在等待着什么。最后他看到了那个穿着金属钮扣制服的男孩跑过来，手里拿着一大束花。普日耶姆斯基急忙跑向他。

克拉拉抬起头，看到 普日耶姆斯基从男孩手中接过花束。他把花束藏在背后，迅速回到她身边。猜到花是送给她的，克拉拉做出了突然的动作；她的膝盖上的线筐和针尖从她膝盖滑落到地上。

普日耶姆斯基已经离她不远，迅速走近，弯下一膝，用一只手捡起掉落的物件，用另一只手将花束递给她。

一个瞬间，一个动作，一个注视她眼睛的眼神，他再次站在那位把她的紫色脸埋在花束中的女孩面前。

花束被迅速拆开、精心组合，美丽多彩，散发着迷人的香气。

那清香、那灿烂的色彩融合了克拉拉的想象、心灵和感情，在那一刻，那位英俊的男子跪在她面前，凝视着她眼睛的深处。

他也非常激动，但很快平静了下来。

"现在，"他说着坐在她身边，"让我们忘记所有家庭的烦恼，所有不好的事情，所有微不足道的痛苦，让我们走进一个更美好的世界！"

他用富有感情的声音娴熟地开始朗读：

自从她用梦境飘荡着金色，

我昏倒，苦涩而痛苦；

我不知道，为什么灵魂不向天堂飞去

在灰烬后面，向天使？

为什么不飞向另一个世界，

向我的救主，我所爱的人！
["在瑞士" 伊格纳茨·斯沃亚茨基　译者A.格拉波夫斯基]

时光飞逝。黄色和粉色的叶子从树上落下。
斜射的太阳光线变得越来越短，黑色土地上的小金色圆圈变得越来越狭窄和稀少。克拉拉停止了缝纫。双手放在膝盖上，她倾听着，她的瞳孔闪烁着光芒。
他读到：
她燃烧到像燃尽了香料的香炉一样，–
即使她自己不知道自己在燃烧，她看到了；
她的眼睛变得深邃如蓝宝石，
她胸前的白色波浪变得更加快…
她的呼吸变得更快了。这是梦吗？她已经死了，进入了天堂吗？从她的花束中飘来了醉人的气味，旁边有一个美丽的声音在朗读：
在月亮升起之前的那一刻：
夜莺停止了歌唱，
树叶静静地摇曳着，草丛中的泉水轻轻地呼吸着…
树上的叶子静静地落下，到处都是宁静，黄昏已经开始弥漫到周围的一切。他读到：

在这样的时刻啊！两颗心在哭泣！
如果有什么需要宽恕的，它就会被原谅，
如果有什么需要遗忘的，记忆就会被抛弃！
几分钟过去了；诗歌的结局即将来临。
被引诱的恋人"用梦境飘荡着金色"，爱人确信
她"来自彩虹"，为她的宽恕而流泪。
并且泉水流淌，夜莺呜咽，
他们谈论她 – 我的心颤抖，
并为了早逝而祈祷，绝望…
他从书中抬起目光，直视着那位年轻女士的
脸。克拉拉的眼睫上闪烁着两颗大泪珠。
年轻男子轻轻伸出手臂，用手覆盖她的手。克
拉拉没有移开她的手；两颗大泪珠从她的眼睛
上流淌到她玫瑰色的脸颊上。
"是悔恨的泪水，还是幸福的泪水？"他非常轻
声地问道。
在短暂的沉默之后，她用几乎听不见的声音回
答道：
"是幸福的泪水！"
她充满了幸福，同时又充满了奇怪的痛苦。突
然间，她感觉到一只手臂轻轻环绕着她的腰。
梦消失了。幸福和痛苦的感觉融合在一起，带
来混乱。惊慌的　克拉拉向长椅的尽头挪动，不

抬起眼皮，匆忙、无序地把手绢和针脚扔进篮子里。

"我要回家了，"她低声说。

他前倾身体坐着，手肘支在膝盖上，额头托在手掌上，和她的脸颊一样红。他精致的鼻孔时而张开，时而收缩，他的手紧张地捏着手绢。

这种情况没有持续很久。他平静下来，把手重新放在她的手上，几乎下令地说道：

"你还不能走，因为我们还没有完成这首诗。"

这是自从她认识他以来，他的声音里第一次出现了专横的口吻。握着她的手，低头看着地面，他陷入沉思，咬着下唇。片刻之后，他放开了她的手，更温和地开始说：

"我想起了一件事，那是在美丽的诗歌《在瑞士》之后会听起来像天使之歌后的嘲笑。该怎么办？我必须告诉你。我们一起听了天使之歌，我们也要一起听那嘲笑。为什么只有我一个人听到呢？"

他的嘴角变得俏皮，眉间的皱纹加深。片刻沉默后，他继续说道。

一 几天前，我在朋友的房间里找到了 海涅 的爱情诗的波兰翻译。我以前从未读过这个翻译。我看着那本书，开始阅读。这个翻译非常美丽，非常美丽。我有很好的记忆力；昨天我对你背诵了一节，现在我要背诵另一节。请仔细听。

他靠近她，把脸托在手掌上，凝视着她眼睛的深处，缓慢地朗诵了海涅的一首歌：

一个年轻人爱上了一个年轻女子，

她爱上了他的灵魂，

但他们彼此的坦白，

使他们的爱情停滞不前，…

当他们分开时，

两颗心中都带着悲伤，

彼此不知道对方，

直到生命的最后时刻…

— 请注意…　他们彼此相爱，但"直到生命的最后时刻，彼此不知道对方"，因为"彼此的相互认同阻碍了他们的爱"。这是一种讽刺和不协调。高贵的爱情建立在尊重之上，但尊重却成为爱情的障碍。世界上没有什么是简单和容易的，一切都被复杂和困难所包围。你不想继续了吗？我们要不要读完《在瑞士》？我感谢你向我介绍了这首诗！我的一生大部分时间都在国外度过，我只读过外国作品。但我们的文学也是美丽的！… 我从你这里学到了很多…

尽管感动心跳的很快，她还是由衷地笑了起来。

— 你？由我？伟大的神啊！我能教给任何人什么？我只教过弟弟如何读写...

— 或许我待会可以向你解释，你教给我的是什么...现在我们结束这首诗吧。然后他又读道：

思绪，不断回溯着无尽的过去，

不知道，以何种形式穿越自己...

时光飞逝；克拉拉边听边织着，但缓慢而重复。

朗读的声音消失了。在树后的草地上不再有金色条纹，金色的网也从黑土中消失了。现在西边的灯光在树梢上闪耀，如同玫瑰色的火把和蜡烛。下方已经开始黑夜降临；美丽的花园现在显得灰暗；只有白色的花朵仍然清晰可见。

克拉拉看着被点缀织起的围裙。

— 我的天啊！— 她惊叫道，— 我做了什么？

— 它被织得歪歪斜斜！— 普日耶姆斯基笑着说。

— 完全歪歪斜斜！你看到了吗？这里有很多褶皱，这里缺少；这里它们靠近边缘，这里往上爬...

— 糟糕！你会把它处理好吗？

— 当然，不是什么大不了的事。半小时之后一切都会恢复正常。

— 不可能同时侍奉两位主人... 你想侍奉散文和诗歌；而散文不干了。

她抬起眼睛看着他。

— 我有另一种看法。我觉得，每一项工作，即使是最务实的，都包含一些诗意。这取决于我们的意图。

— 从动机出发 — 他纠正道。— 你是对的。但你为什么要装饰杜特凯维奇夫人的围裙呢？

— 因为我爱她，我感激她；而且，在这样的围裙里，她是迷人的，可爱的老太太。

— 爱着杜特凯维奇夫人真是一件大幸福！— 他带着感叹说道。

— 为什么？— 她问道。

— 因为人们可以尊敬杜特凯维奇夫人并说自己爱她，而在其他情况下，人们必须尊重并保持沉默，或者说不喜欢这种尊重... "但是，互相的尊重又都不表达出来"...

他没有说完，因为从远处，邻近花园里传来了斯塔奇欧的声音：

— 克拉拉！克拉拉！

在找不到姐姐在凉亭那里，也不知道她在哪里的情况下，他越来越大声地喊叫。克拉拉拿起篮子，从长凳上跳了起来。

— 我的花呢？— 普日耶姆斯基提醒道，— 你不带着吗？

— 我会的，谢谢你。— 她回答道，并拿起了花束，他和她的手一起握着花束。

他眼中闪过闪电，眼睛里的感情再次扩大，几秒钟后他放下手，向后走了几步跟在那个女孩的后面。在拐角处他问道：

— 晚上你什么时候结束家务工作？

— 十点钟。– 她回答道；– 父亲和斯塔奇欧那时已经睡着了，弗朗约几乎也总是。

— 当他们入睡并且你解脱了服务时，来花园听音乐。十点钟我和我的朋友会开始为你演奏。你想要吗？

— 谢谢你！— 她回答道，站在篱笆门口，在树木的阴影下。

— 晚安，先生。

他握住她的双手，片刻地凝视着她，低下了头。

– 在演奏的时候，– 他低声说道，– 我会想着你，我会在我的想象中看到你站在篱笆门口聆听音乐。这样，我们的灵魂就会在一起…

他迅速抬起了她的双手，一次又一次地亲吻着。

过了一个小时。维格里奇坐在狭窄的沙发上喝茶，愉快地欣赏着铁罐中的美丽花朵。他不断地闻着和抚摸着它们。他特别喜欢马鞭草。"就像小星星！"- 他带着一个失去了全部尖刻的微笑说道。

克拉拉点亮了灯，为父亲准备茶水，给斯塔奇欧倒牛奶，照料着一切，一边聊天，几乎是欢快地唧唧喳喳地。

她讲述说她去了王宫公园，在那里与普日耶姆斯基先生一起读了《瑞士人》；他送给她花，她从远处看到了宫殿前的花园，在公园的绿色背景下。

她整个人都散发着喜悦；她的动作变得优雅而神经质。她无法保持在同一个位置，她感到需要行走、奔跑、交谈，释放她内心澎湃的生命力。有时她会在话语中途突然沉默，站在那里一动不动，变得无言；她的眼神和心灵都在别处。

维格里奇并没有仔细看着她，他时而倾听她的话语，时而沉思；他的脸上既不是忧郁的，也不是刻薄的：相反，一个顽皮的微笑挂在他无情的嘴唇上。

弗朗茨刚刚回来，听着姐姐的叙述，用她尖利的声音说道：

– 不要抱太大期望，因为不会有任何事发生！普日耶姆斯基先生陷入了爱河，是的，但我怀疑他是否会和克拉拉结婚。他对她来说太高贵了… 这样的绅士只是引诱贫穷的女孩，然后抛弃她们。

维格里奇整个身体都颤抖起来。

– 安静！小毒蛇！– 他喊道；– 你总是刺激着姐姐！谁告诉你关于爱情或结婚的？

他强烈地颤抖着。两个姐妹赶紧过去，给他拿水、茶、饼干，但虽然生气并没有持续很久，而且弗朗茨，受到自己良知的责备，对父亲和姐姐变得非常温柔，克拉拉的快乐却消失得像蜡烛的火焰被吹灭一样。

当然，她知道，年轻女孩，如果爱和被爱，就会结婚。但她很少想到这一点，而在这种情况下，她甚至没有想过一刻。见到普日耶姆斯基先生并与他交谈是她所有愿望中的最高潮。妹妹粗鲁地撕下了掩盖她心灵幻想的贞洁面纱。在她的脑海中，弗朗茨的话语像苍蝇被困在蜘蛛网中一样摇摆："他对她来说太高贵了。" 克拉拉总是感受到他在学识和优雅方面的优越性。此外，虽然他只是王室仆人中的第一个，但与她相比，他就是个大人物。他称王子为他的朋友，他在王宫中指挥如在自己家一样。谁知道，也许他很富有！最后那个猜测让她最为懊恼。

在她的内心深处，她感到尽管与他相比，她是一个贫穷、谦虚的女孩，但没有什么不可逾越的事情将他们分开。

－ 如果他只是爱我…她想。在她的心中响起了魔法般的词语："他爱我！他爱我！" 当她的父亲走进自己的房间去读一份从办公室同事那里借来的报纸时，当斯塔琴已经入睡，而弗朗索瓦正在脱衣服时，克拉拉跑到了阳台上。

晚上是温暖的，但多云。天空上没有星星在闪烁；而宫殿的窗户显得更加明亮。风时而从云层中吹来，时而完全停止。突然，它吹得更加强劲，飘荡在两个花园中的是一阵音乐般的音调。

在高高的狭窄明亮的窗户后面，钢琴和大提琴演奏着庄严而严肃的音乐。

克拉拉穿过花园，停在紫丁香丛旁的篱笆旁。靠着篱笆，她倾听着，停止了对任何事物的思考。一种无法言喻的愉悦充满了她的灵魂。多云的夜晚，高处闪耀的窗户，在黑暗中闪闪发光，风的呜咽声，庄严的音调流淌，构成了一种美学的整体。但在她的内心中，所有感觉都被感动、感激、她灵魂的激动支配着，向这些明亮的窗户，类似于天堂的大门，她的灵魂的激情追求，从那里传来光明和天使般的和谐。眼睛朝着明亮的点，她注视着和倾听着，回想起那些话语："我们的灵魂将永远在一起！" 他是多么正确！音乐是他的灵魂，向她敞开，并用温柔、炽热的拥抱抚慰着她。

她用手掩盖着脸，急促地呼吸着吸收着音乐的音符，认为她在吸收着他的灵魂。四分之一小时过去了。突然一切变得寂静。在宫殿里，音乐停止了，但几分钟后传来了更加低沉、似乎更遥远的音乐，因为大提琴静了，钢琴独自演奏。它的歌声持续了相当长时间，大提琴却保持沉默。突然，在篱笆旁的小径上传来了轻微的脚步声。克拉拉挺直了身子，颤抖着。在篱笆的对面，一个高大、优雅的男人站在她面前，即使在黑暗中也是如此。他握住她的双手，低声说道：

——我今天一定要再见到你一次。在演奏时，我不停地想着："我要去见她！" 我放下了大提琴，对他说："继续演奏，不要停！" 因为我想和你一边交谈，一边伴随着音乐。今晚多云！风在呼啸！音乐的音调和风声一起形成了一种空灵的装饰。我们来听听吧。

他紧握着她的手，把头靠近她。他们站在那里，静静地倾听着。那忧郁而热情的歌声与风声融为一体，风从云层中吹来，与之一起返回云层。音乐在公园中静静流淌在黑暗中。

— 我来是对的吧？我必须见到你，并为明天整天告别。今天，马上，我的叔叔会来，我们将和他一起度过整个一天... 我只能在后天再见到你。我今天来这一会儿是对的吧？我来对了吗？

几乎失去意识，她低声说道：

- 哦，太好了！

他拉着她，使她整个身体倾向于他，低声说：

- 去花园里的小门，我也会去那里，我们会相遇，我们会在我们的小径上散步，我们会坐在我们的长椅上...

她轻轻摇了摇头，乞求地说：

- 不... 不要求我... 噢，不要求我... 因为... 我会走...

他生气地推开她，但一秒钟后又把她拉向他的胸膛。

-   你是对的，不要走！我感谢你没有走！让我们分开这个拥抱… 但不要头部不能分开… 靠近它… 倾斜它… 是的，这样，我亲爱的！

她的头靠在他的胸膛上。在黑暗中，风轻轻呼啸，钢琴响起，叹息，爱… 他看着她的脸庞，她的眼神，问道：

-   你爱我吗？

她沉默了几秒钟；然后，仿佛一阵微风，从她陶醉着的张开的嘴唇中传出低语：

-   我爱你！

-   哦，我最亲爱的！

就在同一时间发生了一件非同寻常的事情。几分钟前，一个人的身影从黑暗中出现，有时悄悄地靠近说话的一对，有时又胆怯地离开。这是一个穿着金属钮扣的服装的男人，每当他走进较浅的阴影时，他的胸前和袖口的钮扣就会发出声响。他无法听到那对情侣的低语，也许他甚至没有看到那个女性身影藏在男性身后，但他对后者很熟悉，几分钟来一直围绕着他转，不知所措。

在栅栏边，男人弯下身，对头靠在他的胸膛上的女人，低声说：

- 看着我！不要遮住你的嘴… 徒劳，徒劳！…
我会找到它，我会拥有它…

在这些话语中，尽管它们被低声说出，但传达
了一个习惯于征服的人的激情。

几步后面，一个充满恐惧和尊敬的声音响起，
清晰地说道：

- 阁下！

这个男人从头到脚颤抖，放下手，转向声音，
问道：

- 什么事？

- 您的，王子的叔叔来了，下令到处找您…

只有此时听到这些话的人才理解了一切。他生
气地做了个手势，声音因激动而颤抖地喊道：

- 走开！

在大道上传来了快速奔跑的脚步声。他再次转
向那位站在栏杆后面僵硬如石的女孩。

试图露出笑容，他开始说话。

- 一切都揭露了！可恶的间谍！… 不要生气，
我那样做是为了不吓到你…

她睁大眼睛，轻声说：

- 你… 是王子？

她的低语几乎带着一种狂热。

- 是的，但是那又怎样…

他试图再次抓住她的手。但她抬起手放在头上，抓住头发。她的大声绝望尖叫填满了两个花园。她惊恐地逃走，消失在黑暗中。

Ĉapitro V

Post tri tagoj la princo revenis vespere de sia onklo. Unu horon post la reveno li iris en la aleo de la parko. Lia vizaĝo estis malgaja, malĝoja... Antaŭ la herbaĵa benko li haltis, rigardis ĝin kaj ĉion ĉirkaŭe. Estis la momento, kiu antaŭiras la krepuskon. Sur la herbo malantaŭ la dikaj trunkoj brilis la oraj strioj de la sunaj radioj; sur la tero, en la aleo tremis oraj rondoj kaj rondetoj. Inter la herboj de la benko velkis kelkaj forgesitaj floroj.

Ĉio restis sama, kia ĝi estis en la sama horo antaŭ tri tagoj.

Per rapida movo la princo sidiĝis sur la benkon, demetis la ĉapelon, apogis la frunton sur la manplaton kaj flustris:

— Malfeliĉo!

Antaŭ unu horo, tuj post la reveno, kiam li estis sola kun la ĉambristo Benedikto, li demandis mallonge:

— Kiaj novaĵoj?

— Malbonaj, via princa moŝto!... Ili transloĝiĝis...

— Kiu? ekkriis la princo.

— La Wygrycz'oj.

— De kie ili transloĝigis?

— De sia dometo en la ĝardeno.

— Kiam?

— Hodiaŭ, frumatene.

— Kien?

— Mi ankoraŭ ne scias; sed se via princa moŝto ordonas...

Li volis diri: „mi ekscios", sed li preferis ne fini la frazon. Li atendis. La princo silentis. Li rigardis tra la fenestro kaj ne turnante sin demandis ankoraŭ:

— Vi ne vidis ŝin?

Kontraŭe, Benedikto ŝin vidis. Por observi la najbaran dometon, hieraŭ vespere post la deka horo li iris en la aleon ĉe la limo de la parko. Subite li ekaŭdis ploron. Li singarde proksimiĝis kaj kaŝinte sin malantaŭ arbo li vidis ŝin malantaŭ la krado. Ŝi genuis, apogante la manojn kaj frunton al la krado. Larmoj fluis de ŝiaj okuloj. Ŝi levis unu fojon la kapon kaj rigardis la palacon. Poste ŝi ree ekploris kaj tiel kliniĝis al la tero, ke ŝiaj manoj kaj frunto malaperis en la herbo. Sed kiam sinjoro Przyjemski komencis ludi en la palaco, ŝi salte leviĝis kaj kuris en la dometon. Tio ĉi estis hieraŭ inter la deka kaj dek unua horo. Hodiaŭ matene en la sepa horo Benedikto iris al sia konato, kiu loĝas kontraŭ la domo de Wygrycz, kaj li eksciis, ke la Wygrycz'oj transloĝiĝis tuj post la leviĝo de la suno kaj ke en ilia domo ekloĝis maljunulino kun servistino kaj kato.

Tion ĉi Benedikto diris unutone, kvazaŭ raporton. La princo, ne turnante sin de la fenestro, diris:

— Vi povas foriri.

Al la ĉambristo ŝajnis, ke la voĉo de la princo estis tute ŝanĝita.

Post momento la princo sidis sur la herbaĵa benko kaj malĝoje meditis.

— „De kiam ĝi flugis per sonĝo la ora...“ Ŝi forflugis. Sed tio estas bagatelo. Nenio estas pli facila, ol trovi ŝin. Li diros unu vorton al Benedikto, kaj morgaŭ aŭ post du tagoj li ekscios, kien ŝi transloĝiĝis.

Sed ĉu li devas serĉi? Ŝi forkuris. Ŝia virina instinkto puŝis ŝin al forkuro. Tia estas la natura leĝo. La ino forkuras, se ŝi ne volas meti neston kun la persekutanto. Klaro, tiel prudenta kaj tiel noble fiera, komprenis, ke ŝia feliĉo daŭrus ne longe, ke la malfeliĉo estus granda. Ŝi forkuris plorante, sed ŝi forkuris.

En ĉi tiu infano, kia forto de volo! Tamen por li ŝi estis cedema; ankaŭ li en similaj cirkonstancoj estas tre malforta; kiu scias, kio estus okazinta? Feliĉe tio ne okazis. Neniam li pardonus al si.

Ĉu do li devas serĉi kaj rekomenci?... ree meti ŝin en danĝeron? Ŝin, ĉar por li... ah, en ŝi li vidis sian savon, revivigitan kredon pri multaj aferoj, kies ekzistadon li neis. Dum ĉi tiuj kelkaj tagoj li sentis sin renaskita... Posedi ĉi tiun estaĵon tiel puran, tiel allogan, tian korpon kaj tian animon!... Nur vidi ŝin nun estus grandega feliĉo!... Se li revidus ŝin, li petus ŝian pardonon, ke li rompis ŝian trankvilecon, ke li forpelis ŝin el ŝia modesta loĝejo, ke li estis kaŭzo de ŝiaj larmoj! Jes, sed post la peto pri pardono kio okazus? „Di' lasu vin por sia glor' tiel bela kaj pura kaj ĉarma!" Sed li ne lasus ŝin tia. Se ili ree renkontus unu la alian, certe Dio ne povus gardi ŝin! Domaĝe estus, se velkus tia floro, tamen...

Li leviĝis kaj daŭrigis la promenon. En la aleo, najbara al la ĝardeno de Wygrycz, li haltis. Li rigardis la dometon, precipe la balkonon, sur kiu iu estis. Sur la mallarĝa benko sidis maljunulino en nigra vesto kaj blanka kufo. Ŝi trikis ŝtrumpon, kaj la ŝtalaj trikiloj brilis en la radioj de la suno, kvazaŭ fajreroj.

— Sendube sinjorino Dut... kiewicz.

Li konsideris momenton, malfermis la pordeton en la krado kaj eniris en la najbaran ĝardenon. La maljunulino, ekvidinte la vizitanton, forlasis la seĝon kaj kiam li salutis ŝin per la ĉapelo, ŝi ekparolis kun bonkora rideto sur la larĝa buŝo.

— Se via princa moŝto volus sidiĝi sur mia malgranda balkono, tio estus por mi granda honoro... Mi petas vian princan moŝton!...

Ŝi akompanis la vortojn per multe da riverencoj,

kiuj ne estis facilaj sur la malgranda balkono, kies parton okupis dika kato, kuŝanta sur granda kuseno. Malgraŭ manko de spaco la maljunulino faris profundajn riverencojn, balanciĝante kaj sidetiĝante. Ŝia jupo leviĝis kaj oni vidis blankajn ŝtrumpojn kaj tolajn ŝuojn.

— Via princa moŝto faru la honoron al mia malriĉa dometo kaj volu sidiĝi... Mi aŭskultos vian princan moŝton...

Ŝi ankoraŭ unufoje riverencis, montrante la blankajn ŝtrumpojn, kaj sidiĝis sur la antaŭa loko, metante sur la genuojn la trikilojn kaj la laboraĵon.

La princo ne sidiĝis, li suriris la balkonon, malkovris la kapon kaj demandis:

— Ĉu sinjoro Wygrycz kaj lia familio ne loĝas plu ĉi tie?

— Ili ne loĝas plu, ne loĝas... — jesis la maljunulino, balancante la kapon, — hodiaŭ matene ili transloĝiĝis, kaj nun mi estas najbarino de via princa moŝto... he, he, he!...

La princo demandis per velura voĉo:

— Ĉu mi havas la honoron paroli kun sinjorino Dutkiewicz...

— Jes, via princa moŝto, Dutkiewicz, preta servi vian princan moŝton.

— Ĉu oni povus eksci, kien transloĝiĝis la Wygrycz'oj?

La afabla kaj bonkora rideto malaperis de la

vizaĝo de la maljunulino; ŝia mieno fariĝis malĝoja kaj serioza. Ŝi levis la bluajn okulojn kaj diris, skuante la kapon:

— Ne, tio estas sekreto.

Ŝi levis sian sulkiĝintan fingron al la buŝo kaj ripetis:

— Ne, tio estas sekreto.

Sed la gesto faligis la volvaĵon, kiu ruliĝis de la genuoj sur la truplenan plankon. Ŝi provis altiri ĝin per la fadeno, sed vane.

La princo levis ĝin kaj donis al ŝi. La maljunulino salte leviĝis de la benko kaj refaris profundan riverencon.

— Mi dankas vian princan moŝton... Via princa moŝto penis por mi... mi dankas...

La princo staris apogita al la balkona kolono. La sulko sur lia frunto pli profundiĝis, la vangoj ruĝiĝis. Li demandis:

— Ĉu vi opinias, ke estos malfacile al mi trovi la novan loĝejon de Wygrycz... se mi serĉus?

Ŝi kunmetis siajn mallongajn, dikajn fingrojn kaj diris:

— Al via princa moŝto ĉio estas facila... Kiam oni posedas tiajn rimedojn kaj povon! Via princa moŝto tuj trovus la loĝejon, sed...

Ŝi malice ridetis.

— Sed via princa moŝto ne serĉos.

La princo sendube estis observema homo, ĉar eĉ

la maljunulinon li rigardis atente. Krome, ŝia kufo ornamita per puntoj rememorigis al li multon. Dufoje li vidis ĝin en la manoj de Klaro.

Li krucigis la manojn sur la brusto kaj demandis:

— Kio donas al vi la certecon, ke mi ne serĉos?

La maljunulino ekpalpebrumis por siaj senharaj palpebroj kaj respondis:

— Ĉar via princa moŝto estas bona... mi tion vidas. Eh, eh, mi manĝis panon ne el unu forno, mi vidis multajn princojn kaj grafojn dum mia juneco, kiam mi estis ĉambristino en riĉaj domoj. Mi ĉion divenas per plej malgranda bagatelo. Ekzistas diversaj princoj, kiel ekzistas diversaj simplaj homoj. Sed via princa moŝto estas bona. Bagatelo montris tion al mi: via princa moŝto levis de la tero mian volvaĵon, via princa moŝto estimas maljunecon. Ekzistas multaj princoj kaj simplaj homoj, nur imagantaj, ke ili estas princoj, kiuj neniam farus tion por simpla maljunulino. Via princa moŝto havas bonan koron kaj scias respekti, kion ordonis respekti Dio kaj la homoj. Tion montras al mi via nobla vizaĝo, via agrabla parolado kaj... la volvaĵo.

Ŝi amike, bonkore ekridis.

La princo staris kun mallevita kapo:

— Via opinio tre flatas min... sed mi tre dezirus scii, kiamaniere fariĝis la chassé-croisé? kio estis la kaŭzo? Kiu postulis?

La maljunulino rapide skuis la kapon.

— Mi komprenas, mi komprenas! Ŝi postulis tion, ŝi mem... Ŝi alkuris al mi hieraŭ el la preĝejo, kie ŝi preĝis la tutan matenon, kaj sin ĵetinte al miaj piedoj, rakontis al mi ĉion... Al kiu ŝi povus konfesi tion krom mi? Mi lulis ŝian patrinon kaj ŝin mem sur miaj brakoj. Ĉirkaŭprenante miajn genuojn, ŝi petis: „Ekloĝu tie, avinjo, kaj ni transloĝiĝos en vian loĝejon... ĝis...“ Via princa moŝto komprenas? „Sed, — aldonis ŝi — mi ne parolos pri ĉi tio kun la patro, ĉar oni devas paroli kun li malvarmasange, kaj mi ne povus fari tion...“ Mi do iris mem kaj mi ĉion rakontis al sinjoro Teofilo, klarigis, proponis: Li estas prudenta homo. Li komprenis kaj konsentis, li eĉ dankis min. Kiam Klaro revenis hejmen, li kisis ŝin kaj iom riproĉis... nur iom... Nokte li multe tusis, sed la tuso pasos, pasos. Hodiaŭ frumatene mi transportigis ĉiujn miajn vestaĵojn kaj meblojn ĉi tien kaj iliajn en mian loĝejon. Kaj jen mi estas. Mi diris ĉion al via princa moŝto, ĉar mi devis tion fari. Oni ne ĉiam estas estro de la propra koro, ĉu oni estas princo, ĉu vilaĝano. Kiam la koro doloras, ĝi doloras, kruele do estus lasi doloron en malcerteco. Mi ĉion diris al via princa moŝto.

La princo longe silentis. Lia vizaĝo estis nun severa, pala. Fine, levinte la kapon, li demandis:

— Ĉu vi konsentus, ke mi vidu ĉi tie lastfoje

fraŭlinon Klaron en via ĉeesto?

Larmoj aperis en la bluaj okuloj de la maljunulino. Levante al li sian sulkiĝintan, rozan vizaĝon, ŝi flustris:

— Via princa moŝto, mi estas orfino kaj zorgas pri orfoj... kvankam tre malriĉa...

Subite, la kato en sia blanka kaj flava vesto, kiu ĵus vekiĝis kaj oscedis post la dolĉa dormo, saltis sur la genuojn de sia sinjorino. Ĝia petolo faligis teren la volvaĵon kaj la kato mem implikiĝis en la fadenoj.

— For! — ekkriis sinjorino Dutkiewicz, — for! sur la kusenon! Sur la kusenon!

Per la naztuko, per kiu ŝi estis viŝonta la okulojn, ŝi ekbatis la katon, kiu desaltis de ŝiaj genuoj kaj tiris post si la ŝtrumpon, trikilon kaj fadenojn. Sed neniu interesiĝis pri la sorto de la ŝtrumpo kaj de la piedoj de la kompatinda kato. La princo staris nun tute proksime de la maljunulino, kiu volis fini la interrompitan frazon:

— Kvankam tre malriĉa...

— Ne finu, sinjorino! Ĉion, kion vi povus diri pri fraŭlino Klaro, mi scias, kaj eble eĉ pli multe, ol vi. Ĉu vi konsentos diri kelke da vortoj de mi al fraŭlino Klaro?

Sinjorino Dutkiewicz momenton rigardis lin per siaj palpebrumantaj okuloj.

— Ĉu via princa moŝto serĉos ŝin?

Li silentis, mallevinte la kapon. Post momento li diris:

— Mi ne serĉos ŝin.

— Honora vorto princa? — ŝi demandis.

Li tre paliĝis. Li terure suferis, li ja bruligis post si la pontojn. Post mallonga silento, li respondis:

— Honora vorto de honesta homo.

La vizaĝo de la maljunulino ekbrilis de ĝojo.

— Nun mi aŭskultas vian princan moŝton. Oni ne ĉiam estas estro de la propra koro, kaj kiam ĝi doloras, ĝi doloras... Se oni povas verŝi sur ĝin guton da balzamo, kial ne fari tion? Kion via princa moŝto ordonos diri al ŝi?

— Diru al fraŭlino Klaro, ke miaj agoj estis nek ŝerco, nek kaprico... En la komenco tio estis simpatio, kaj poste amo kaj respekto, — respekto al ŝia senmakula pureco kaj nobla animo... Diru al ŝi, ke pro ĉi tiu respekto mi rezignas mian amon, ke neniu disiĝo, — kaj nur Dio scias, kiom da ili mi travivis! — tiel malfeliĉigis min, ke mi deziras, ke la memoro pri mi...

La voĉo mankis al li, en liaj okuloj ekbrilis larmoj.

— Mi havas la honoron saluti vin, — li diris kaj rapide foriris.

La maljunulino rapide leviĝis kaj faris du riverencojn, ree montrante la blankajn ŝtrumpojn.

Poste ŝi eksidis sur la benko, almetis tukon al la

okuloj kaj ekploris. La kato en la blanka kaj flava vesto, ne povante liberigi la piedojn el la fadenoj, sidis kune kun la ŝtrumpo, trikiloj kaj volvaĵo sur la alia fino de la balkono kaj petege rigardante sian sinjorinon, miaŭis.

En la palaco la vicon de salonoj jam lumigis lampoj kaj kandelaroj.

Princo Oskaro, enirante en sian luksan kabineton, sin turnis al Benedikto, kiu sekvis lin.

— Ĉu Jozefo, la ĉambristo, jam estas eksigita?

Benedikto konfuziĝis;

— Ankoraŭ ne, via princa moŝto... La knabo ploras kaj petegas...

— Li restu.

Li pensis: „Ĉu tio estis lia kulpo?"

— Petu sinjoron Przyjemski, ke li venu.

Per rapidaj paŝoj li promenis en la granda ĉambro, en, kiun post kelkaj minutoj enkuris viro tridekjara, nigrahara, malalta, kun saĝaj okuloj, vivaj movoj, kun maltima, gaja mieno.

— Vi alvokis min. Ĉu ni ludos aŭ skribos?

La princo haltis antaŭ li.

— Bona ideo, mia kara! Freneziga doloro turmentas min de la piedoj ĝis la kapo, kaj vi proponas al mi ludadon aŭ skribadon!... Jen kial mi alvokis vin... morgaŭ ni veturos en la kamparon... volu hodiaŭ aranĝi ĉiujn aferojn kun intendantoj, advokatoj k. t. p. Se ili volos paroli kun mi, ili venu tien. Ĉi tie mi ne povas resti, mi ne povas! Mi bezonas aeron, ŝanĝon, forgeson. Mi volas ankaŭ, ke ŝi povu reveni en la lokon, kiun ŝi amas... Faru do por mi oferon, lasu la fraŭlinojn Perkowski kaj veturu kun mi... Sed se vi ne volas forlasi la urbon, restu, sed tute sola tie mi freneziĝus de malespero...

Przyjemski eksidis sur apogseĝo kaj iom ŝerce diris:

— Ĉu efektive via malespero estas tiel granda?

La princo ree haltis antaŭ li kaj respondis:

— Ne ŝercu, Julio. Mi estas trafita pli profunde, ol mi mem pensis. Mi suferas, kiel kondamnito.

Przyjemski fariĝis serioza.

— En tia okazo, tio tre ĉagrenas min. La fraŭlinoj Perkowski estas malsaĝaj kaj afektemaj kreaĵoj, kiujn mi forlasos kun plezuro, kaj mi estas preta veturi morgaŭ kun vi. Sed mi neniam supozus, ke la momentoj, kiujn vi pasigis sub mia nomo, tiel tragedie finiĝos.

La princo eksplodis.

— Mia Julio, sola vi scias, kion mi pensas pri la homoj. Ili estas aŭ flatuloj, aŭ ventoflagoj, aŭ sendankaj...

— Mi multfoje aŭdis tion, — interrompis Przyjemski.

— Ankaŭ la virinoj: ili estas aŭ malsaĝaj kaj

enuigaj, aŭ amuzaj kaj malĉastaj: aŭ en ilia korpo loĝas samtempe du spiritoj: ĉiela kaj infera.

— Ankaŭ ĉi tion mi aŭdis.

— La vivo estas unu granda sensencaĵo. Dum la homo kredas, li estas feliĉa, sed li estas infano. Ekzistas homoj kiuj restas infanoj la tutan vivon. Sed tiuj, kiuj perdis iluziojn?... Se ĉio estas mensogo, erariga ombro, efemero...

— Mi aŭdas pri tio tre ofte.

— Sed ĉi tie mi trovis, kion mi ĉesis kredi. Mi trovis tion en ŝi kaj en la ŝiaj... Eĉ en la vidvino de la veterinaro estas io, io tia...!

— Kia vidvino? de kiu veterinaro? — ekmiris Przyjemski.

— Vi ne konas ŝin, tio estas indiferenta! Sed en ili estas io tia!... Kaj ŝi, ŝi...

Kun nova eksplodo li ekkriis:

— Julio, ŝi ŝutis perlojn en mian animon! Kaj kiel ĉarma ŝi estas!... Ŝi ne estas perfekte bela, sed mi ne donus cent belulinojn por ŝia simpla, modesta ĉarmo... por ŝiaj oraj okuloj!... por ŝia dolĉa rideto!...

Li mallevis la brakojn kaj sin ĵetis sur apogseĝon.

— Sed, sed „ŝi flugis per songo la ora!"

Li kovris la okulojn per la manoj kaj eksilentis. Przyjemski, la gaja Przyjemski, serioze ekmeditis.

— Serioza do estas la afero! — li diris mallaŭte kaj

fariĝis pli kaj pli malgaja.

Post momenta konsidero li leviĝis, proksimiĝis al sia nobla amiko kaj komencis paroli per konsola voĉo:

— Retrovu ŝin! La afero estas facila... en tiel malgranda urbo.

La princo levis la kapon kaj fikse lin rigardis.

— Por kio? — li diris, — ŝin eĉ por miliono vi ne aĉetos, eĉ miliono ne konsolos ŝin...

— Pardonu min, princo: Mia konsilo estis malbona. Ĝi estis diktita de mia kompato al vi pro viaj suferoj.

Nun Przyjemski komencis kuri en la ĉambro; li tiris siajn nigrajn lipharojn, pensis, fine haltis antaŭ la amiko.

— Kio do? — komencis li ŝanceliĝante. — Kion fari? Vi vane serĉis ĝis nun veran amon, feliĉon, celon k. t. p. Vi kredas, ke vi trovis ĉion ĉi en la knabino, kiun ni serĉos unu, du tagojn... Mi tion prenas sur min. Mi trovos ŝian novan loĝejon, kaj edziĝu kun ŝi?

Princo Oskaro levis la kapon kaj rigardis lin kvazaŭ ne kredante al la propraj oreloj.

— Kion vi diris?

— Vi edziĝu kun ŝi! — ripetis sentime Przyjemski.

La vizaĝo de la princo komencis rapide ŝanĝiĝi, ĝis subite rido eksplodis en la luksa ĉambro.

— Ha, ha, ha, ha! Ha, ha, ha, ha! —

Per voĉo, interrompata de la rido, la princo diris:

— Bonega vi estas, kara Julio, bonega! Mi pensis, ke mi mortos de ĉagreno, sed vi, ha, ha, ha! vi ridigus mortinton, ha, ha, ha! —

Li eltiris naztukon el la poŝo, levis ĝin al la okuloj kaj ridis tiel forte, ke la rido similis ploregon.

— Ha, ha, ha! Ha, ha! —   /fino/

第五章

三天后，王子从他叔叔那里回来了。一个小时后，他走进了公园的大道。他的脸色忧郁而沉重…在一个草地长椅前他停下来，看着它和周围的一切。这是黄昏即将降临的时刻。在浓密树干后的草地上，太阳的金色光线闪耀着；在大道上，金色的圆圈和圆点闪烁。在长椅的草丛中，一些被遗忘的花朵凋谢了。

一切都和三天前的同一时刻一样。

以迅捷的动作，王子坐在长椅上，摘下帽子，把额头靠在手掌上，低声说道：

– 不幸！

一个小时前，就在回来后不久，当他和侍者贝内迪克托独处时，他简短地问道：

– 有什么新闻吗？

– 不好的，王子殿下… 他们已经搬走了…

– 谁？王子喊道。

– 维格里奇一家。

– 他们从哪里搬走的？

– 从他们在花园里的小屋。

– 什么时候？

- 今天，清晨。
- 去了哪里？
- 我还不知道；但如果您下令…
他想说：“我会弄清楚的”，但他选择不结束这句话。他等待着。王子保持沉默。他透过窗户看着外面，没有转身，再次问道：
- 你没看见她吗？
相反，贝内迪克托看到了她。昨晚十点过后，为了观察邻居的房子，他走进了公园边上的小径。突然他听到了哭声。他小心翼翼地靠近，躲在树后，看到她在篱笆后面。她跪在地上，双手和额头靠在篱笆上。眼泪从她的眼睛中流淌。她抬起头看了一眼宫殿。然后她又开始哭泣，弯腰到地上，她的手和额头消失在草地里。但当普日耶姆斯基先生开始在宫殿里演奏时，她突然站起来跑进了房子。这是昨天在十点到十一点之间发生的。今天早晨七点钟，贝内迪克托去了他的熟人家，他住在维格里奇家的对面，他发现维格里奇一家在太阳升起后就搬走了，他们家里现在住着一个老妇人、一个女仆和一只猫。
贝内迪克托一口气说完这些，几乎像在汇报一样。王子依旧不离开窗户，说道：

- 你可以离开了。

对于管家来说，王子的声音似乎完全改变了。

过了一会儿，王子坐在草地长椅上，忧郁地沉思着。

- "从它以梦的形式飞走之后，那金色的..." 她飞走了。但那只是无关紧要的事。没有什么比找到她更容易的了。他会对贝内迪克托说一句话，明天或两天后他就会知道她搬到了哪里。

但是他必须去寻找吗？她逃走了。她的女性直觉驱使她逃跑。这是自然法则。女人逃走，如果她不想和追求者一起筑巢。克拉拉，如此谨慎和高贵自豪，理解到她的幸福不会持续很久，不幸将是巨大的。她流着泪逃走了，她逃走了。

这个孩子，意志力多么坚强！然而对于他来说，她是温顺的；在类似的情况下，他也非常软弱；谁知道会发生什么？幸运的是那并没有发生。他永远不会原谅自己。

那么他必须去寻找并重新开始吗？...再次把她置于危险之中？她，因为对于他来说...啊，他在她身上看到了自己的救赎，重燃了对许多事情存在的信念，他之前否认了这些。在这几天中，他感到自己像是重生了...拥有这么纯净、迷人的存在，这个身体和这个灵魂！…现在只要看到她就会是巨大的幸福！…如果他再次见到她，他会请求她的原谅，因为他打破了她的宁静，驱逐她离开她普通的住所，他是她眼泪的原因！是的，但在请求原谅之后会发生什么？"说，让你为你的荣耀如此美丽、纯洁和迷人而保持！" 但他不会让她如此。如果他们再次相遇，肯定上帝也无法保护她！如果这样的一朵花凋谢了，那将是遗憾，然而…

他站起身，继续散步。在靠近维格里奇花园的小径上，他停了下来。他注视着那座小屋，尤其是有人的阳台。一个穿着黑色衣服和白色头巾的老妇人坐在狭窄的长凳上。她正在织着一只袜子，钢针在阳光的照射下闪耀着，仿佛火星一般。

— 毫无疑问，那是杜特科维奇女士。

他考虑了片刻，打开了栅栏门，步入了邻家的花园。老妇人一看到来访者，便离开了座位，当他用帽子向她致意时，她以宽阔的嘴巴上的亲切微笑开始说话。

"如果殿下您愿意在我的小阳台上坐一坐，那将是对我极大的荣幸……请，殿下！"

她说话时做了许多鞠躬，尽管在被一只胖大猫占据了一部分的阳台上并不容易，猫正躺在一个大垫子上。尽管空间狭小，老妇人还是深深地鞠了几躬，摇摆着尝试着坐下。她的裙子掀了起来，露出白色的长袜和帆布鞋。

"请您，殿下给我的贫瘠小屋带来荣耀，坐下来吧……我会倾听您的殿下的……"

她再次鞠躬，露出白色的长袜，然后坐回了原位，把针和编织品放在膝盖上。

王子并没有坐下，他走上阳台，摘下帽子，问道：

"维格里奇先生和他的家人不再住在这里了吗？"

"他们不住了，不住了……"老妇人点着头确认道，"今天早上他们搬走了，现在我成了您殿下的邻居……呵呵呵！"

王子用柔和的声音问道：

"我有幸和杜特科维奇夫人对话吗……"

"是的，您的殿下，我是杜特科维奇，随时准备为您，殿下服务。"

"可以知道维格里奇一家搬到哪里去了吗？"

原本和蔼可亲、笑容满面的老妇人脸上的笑容消失了；她的表情变得忧郁而严肃。她抬起蓝眼睛，摇着头说：

"不，那是个秘密。"

她把满是皱纹的手指放到嘴边，重复说道：

"不，那是个秘密。"

但是这个动作使得卷起来的东西从她膝盖上滚落到满是尘土的地板上。她试图用线拉它回来，但没有成功。

王子捡起来递给了她。老妇人从长凳上起来，再次深深鞠了一躬。

"我感谢您殿下......殿下为我费心了......我感谢......"

王子靠在阳台的柱子上。他额头上的皱纹加深了，脸颊泛红。他问道：

"您认为，如果我去寻找维格里奇的新住处，会很难找到吗？"

她把自己短小、粗壮的手指交叠在一起，说：

"对您殿下来说，一切都是简单的......当拥有那样的资源和权力时！殿下肯定能立刻找到住处，但是......"

她狡黠地笑了笑。

"但是殿下不会去寻找的。"

王子无疑是一个观察入微的人，因为他甚至仔细地观察了这位老妇人。而且，她头上那顶装饰着蕾丝的头巾让他想起了很多。他在克拉拉手中见过它两次。

他双手交叉放在胸前，问道：

"为什么您这么确定我不会去寻找呢？"

老妇人眨了眨她那无睫毛的眼皮，回答说：

"因为殿下是个好人……我看得出来。呃，我不是只在一个炉子旁吃过面包，当我年轻时，在富有的家庭里做女仆的时候，我见过许多王子和伯爵。我可以通过最不起眼的小事猜出一切。有各种各样的王子，就像有各种各样的普通人一样。但殿下您是个好人。一个小事就向我证明了这一点：您殿下从地上捡起了我的毛线团，您殿下尊重老年人。有许多王子和普通人，只是幻想自己是王子，他们从不会为了一个简单的老妇人做那样的事情。您殿下有颗善良的心，并且懂得尊重上帝和人们所命令尊重的东西。这一点从您的高贵面庞、您的和蔼话语和……那个毛线团上都能看出来。"

她友好地、和蔼地笑了起来。

王子低着头站着：

"您的看法让我感到非常受宠若惊……但我非常想知道，你们换房是怎么回事？原因是什么？谁提出的要求？"

老妇人迅速摇了摇头。

"我理解，我理解！是她提出的，她自己……昨天她从教堂跑到我这里来，她在那儿祈祷了一整个早上，然后跪到我的脚下，告诉了我一切……除了我她还能对谁说呢？我把她的母亲和她自己都在我的怀里哄过。她抱着我的膝盖请求说：'搬到那里去吧，奶奶，我们会搬到您的住处……直到……'您殿下理解吗？'但是'——她补充说——'我不会把这件事告诉父亲，因为要跟他说话必须保持冷静，而我做不到……'所以我就自己去了，我把一切都告诉了格里维奇先生，我解释了、建议了：他是个谨慎的人。他理解并同意了，他甚至还感谢了我。当克拉拉回到家里，他亲了亲她，稍微有些责备……只是一点点……晚上他咳嗽得很厉害，但咳嗽会过去的，会过去的。今天一大早我就把我的所有衣物和家具搬到了这里，他们的东西搬到了我的住处。现在我就在这里。我把一切都告诉了您殿下，因为我必须这么做。人并不总是能控制自己的心，不管是王子还是村民。当心痛时，就是痛，让痛苦留在不确定中是残酷的。我把一切都告诉了您的殿下。"

王子沉默了许久。他的脸现在显得严肃而苍白。最后，他抬起头，问道：

"您是否同意，在您的陪同下，我在这里最后一次见克拉拉小姐？"

老妇人蓝色的眼睛中涌现出泪水。她抬起皱纹深深、苍老却带着红润的脸庞，低声说：

"殿下，我是个孤儿，也在照顾孤儿……尽管我非常贫穷……"

突然，一只穿着白色和黄色衣服的猫，刚刚从甜美的睡梦中醒来，打了个哈欠后跳到了它主人的膝盖上。它的淘气把线团弄落到地上，猫自己也缠绕在了线中。

"走开！"杜特科维奇夫人喊道，"走开！到垫子上去！到垫子上去！"

她用正准备擦拭眼泪的手帕打了打猫，猫从她膝盖上跳开，拖着袜子、织针和线跑了。但没人关心袜子和那只可怜猫的命运。王子现在站在老妇人很近的地方，她想要结束被打断的话：

"尽管我非常贫穷……"

"别说了，夫人！关于克拉拉小姐，您可能想说的一切我都知道了，甚至可能比您知道的还要多。您愿意传达我的几句话给克拉拉小姐吗？"

杜特科维奇夫人用她闪烁的眼睛看了他一会儿。

"您殿下想要寻找她吗？"

他沉默了，低下了头。片刻后他说：

"我不会去找她。"

"王子的荣誉之言？"她问。

他变得非常苍白。他遭受着极大的痛苦，他已经烧毁了身后的桥梁。短暂的沉默后，他回答道：

"一个诚实人的荣誉之言。"

老妇人的脸上闪现出喜悦的光芒。

"现在我在听您的殿下。人不总是能掌控自己的心，当它痛苦时，就是痛苦……如果能在它上面滴一滴香脂，为什么不这样做呢？您殿下希望我对她说什么？"

"告诉克拉拉小姐，我的行为既不是玩笑，也不是一时兴起……起初是出于同情，后来是爱和尊重，——对她那无瑕的纯洁和高尚的灵魂的尊重……告诉她，正因为这份尊重，我放弃我的爱，没有任何分离，——只有上帝知道，我经历了多少！——使我如此不幸，我希望，对我的记忆……"

他的声音哽咽了，他的眼里闪烁着泪光。

"我有幸向您告别，"他说道，然后迅速离开了。

老妇人迅速站起身来，行了两个鞠躬，再次展示了她那白色的长袜。然后她坐回长凳上，拿起布遮住眼睛，开始哭泣。穿着白色和黄色衣服的猫，因为没法从线团中解放出脚来，带着袜子、织针和线卷坐在阳台的另一端，用哀求的眼神看着它的主人，喵喵叫着。

在宫殿里，一排排的沙龙已经点亮了灯和烛台。

王子奥斯卡走进他豪华的小屋，转向跟随他的本尼迪克特。

"约瑟夫，那个仆人已经被解雇了吗？"

本尼迪克特有些困惑；

"还没有，殿下……那孩子在哭泣和恳求……"

"让他留下。"

他想："这是他的错吗？"

"请普日姆斯基先生来见我。"

他在宽敞的房间里迅速走动，几分钟后，一个三十岁左右的黑发矮小男子，带着聪明的眼睛和活泼的动作，面带无畏和欢快的表情跑了进来。

"您召唤我。我们是要玩游戏还是写东西？"

王子在他面前停下来。

"好主意，我亲爱的！从脚到头的剧烈痛苦折磨着我，而你却提议我玩游戏或写作！…这就是我召唤你的原因...明天我们将前往乡下...请你今天安排所有事务，与管家、律师等人沟通。如果他们想和我说话，让他们去那里。我不能再留在这里了，我做不到！我需要空气，需要改变，需要忘却。我也希望她能回到她所爱的地方...为我做个牺牲，请把Perkowski小姐们留下，和我一起去...但如果你不想离开城市，那就留下，但我一个人在那里会因为绝望而发疯的..."

普日姆斯基坐在扶手椅上，半开玩笑地说：

"您的绝望真的那么深吗？"

王子再次在他面前停下来，回答道：

"不要开玩笑，朱利奥。我受到的打击比我自己想象的还要深。我感觉就像是被判了死刑。"

普日姆斯基变得严肃起来。

"在这种情况下，这真的让我感到非常难过。Perkowski小姐们是些愚蠢而做作的人物，我很乐意抛弃她们，我准备好明天和你一起出发。但我从未想到，你以我的名义度过的时光会以如此悲剧的方式结束。"

王子情绪爆发。

"我的朱利奥，只有你知道我对人们的看法。他们要么是奉承者，要么是风向标，要么是忘恩负义的……"

"我多次听你这么说过，"普日姆斯基打断他。

"女人们也是：要么愚蠢乏味，要么享乐放荡；要么她们的身体里同时居住着两种精神：天堂的和地狱的。"

"这个我也听过，是这样的。"

"生活就是一场巨大的无意义。当人们是孩子的时候，他们还天真真诚，他们是快乐的。有些人一生都保持着孩子的心态。但那些失去幻想的人呢？如果一切都是谎言，是误导的阴影，是昙花一现……"

"我经常听你这么说。"

"但在这里，我找到了我已经不再相信的东西。我在她和她的家人身上找到了……即使是兽医的寡妇也有那么一点东西……！"

"哪个寡妇？哪个兽医？"普日姆斯基惊讶地问。

"你不认识她，那无所谓！但在他们身上有那样的东西！而她，她……"

他情绪再次爆发，大声说：

"朱利奥，她在我灵魂中撒下了珍珠！她是多么迷人啊！…她虽不完美无瑕，但她的简朴、谦逊的魅力，用一百个美人也换不来她……她的金色眼睛！...她甜美的微笑！..."

他双臂无力地垂下，瘫坐在扶手椅上。

"但是，但是'她在金色的梦中飞走了！'"

他用双手遮住眼睛，陷入了沉默。普日姆斯基，那个平时愉快的普日姆斯基，此刻也变得严肃起来，开始深思。

"这事儿可真严重！"他低声说，脸色愈发忧郁。

经过片刻的思考，他站起身，走向他的贵族朋友，并开始用安慰的语调说话：

"找回她！事情很简单......在这么个小城市里。"

王子抬起头，直视着他。

"为什么？"他说，"即使是百万也买不到她，百万也无法安慰她......"

"对不起，王子：我的建议不好。我是看您太痛苦而提出的。"

普日姆斯基开始在房间里走来走去；他拉扯着自己的黑色胡须，思考着，最后停在朋友面前。

"那怎么办？"他开始迟疑地说。"要做什么呢？你一直在徒劳地寻找真爱、幸福、目标等等。你相信你在那个女孩身上找到了这一切，我们可以找她一两天......我来负责。我会找到她的新住处，然后你和她结婚？"

奥斯卡王子抬起头，看着他，仿佛不敢相信自己的耳朵。

"你说什么？"

"你和她结婚！"普日姆斯基冷静地重复道。

王子的脸色开始迅速变化，直到突然间，豪华的房间里爆发出笑声。

"哈，哈，哈，哈！哈，哈，哈，哈！"

王子突然有停止了大笑，他说：

"你太棒了，亲爱的朱利奥，太棒了！我以为我会因为悲伤而死去，但是你，哈哈哈！你能让死人笑，哈哈哈！"

他从口袋里抽出手帕，举到眼前，笑得如此之响，那笑声宛如暴雨。

"哈，哈，哈！哈，哈！"

Pensado post traduko

"La Interrompita Kanto" estas verko de la fama pola verkistino Eliza Orzeszkowa, kiu jam estis tradukita en multajn lingvojn. Ĉi-foje, sub la rekomendo de la korea esperantisto kaj tradukisto Sinjoro JANG JEONG-RYEOL(Ombro), mi kun la helpo de AI tradukis ĝin al la ĉina, permesante al amantoj de la ĉina lingvo ĝui ŝian verkon.

Kvankam la libro estis verkita antaŭ pli ol cent jaroj, ĝia aŭtora talento ankoraŭ hodiaŭ frapas nin, kaj profunde altiras nin al la sociaj, kulturaj, pejzaĝaj kaj vivkondiĉaj aspektoj de Pollando en tiu epoko.

La rakonto, kvankam ĝi similas al okcidentaj fabeloj kiel "Neĝulino" kaj "La Vendaĵistino de Alumetoj", en kiuj malriĉaj knabinoj enamiĝas al princoj, iom malkaŝas la vivspertojn de la aŭtorino mem, kaj permesas al ni kompreni la klasdiferencojn kaj vivkondiĉojn de la nobelaro kaj la komunaj homoj en Pollando antaŭ pli ol cent jaroj.

Dum la tradukado, la unua paragrafo jam tuj kaptis min pro la intrigaj eventoj, la koncizeco de la teksto, la riĉeco de la enhavo, kaj la beleco de la scenoj. Mi estis tiel ensorĉita, ke mi tradukis la verkon el Esperanto al ĉina en nur kelkaj tagoj, kvazaŭ en soleco aŭskultante interesan rakonton, aŭ en plena somero ĝuante dolĉan glaciaĵon, kio estis vere refreŝiganta. Mi esperas, ke la legantoj ŝatos la verkon tiom kiom mi sentis.

Mi denove dankas mian bonan amikon Ombro pro tio, ke li rekomendis al mi tiom belan verkon, kaj mi miregas pri la moderna AI-teknologio, kiu magie helpis min rapide traduki kaj publikigi la libron.

Zhang Wei
2024.4.25 en Dandong

(Tel. 13904158140,
Posxadreso: 790862338@qq.com)

译后感言

《中断的歌声》是波兰著名的女作家埃丽莎·奥尔泽斯卡的作品，先后被翻译成多国语言，这次在韩国世界语者，翻译家张禎烈先生的推荐下，我通过AI的帮助把它翻译成了汉语，热爱中文的读者有机会欣赏她的作品。

这本书虽然写于100多年前，但是今天的我们读起来仍然被作者的才气所震撼，对波兰那个年代的社会，风情，景物，生活所深深的吸引。

小说虽然与《白雪公主》，《卖火柴的小女孩》等西方作品的贫女爱上王子的童话一样令人陶醉，但多少我们能看出作者本身人生经历的影子，了解了100多年前的波兰社会贵族与普通人的阶级差别和人生状态。

在翻译的过程中，当读到第一段文字，就被小说的情节，文字的简练，内容的丰富，场景的美丽所吸引，以至于我一口气，连续几日就将作品从世界语翻译成中文，仿佛寂寞中听到了一个有趣的故事，盛夏中吃到了甜美的冰淇淋，让我心旷神怡。希望读者能像我一样喜欢这部作品。

再一次感谢好朋友張禎烈(Ombro)向我推荐这么好的作品，赞叹AI现代技术能鬼斧神工般的帮助我快速完成翻译成书。

张伟

2024.4.25于丹东

（联系电话：13904158140，
电邮：790862338@qq.com）